DARIA BUNKO

麻酔科医の策略

春原いずみ

illustration❋明神 翼

イラストレーション❋明神 翼

C O N T E N T S

この作品はフィクションです。
実在の人物・団体・事件などに一切関係ありません。

麻酔科医の策略

「それでは、僕の質問に答えたことになっていません」

ぴしりと頬をむち打たれた気がして、浅香透《あさかとおる》ははっと視線を上げていた。目を上げたところで見えるはずもない。浅香はステージ裏の控《ひか》え室にいて、その声はステージ側から聞こえてきたのだから。

「申し訳ありません、浅香先生」

ひょいと顔を出した事務局の人間が軽く頭を下げた。

「前のセッションが押してまして」

「いや、私は構いませんが」

浅香は落ち着いた柔らかい声で言った。

「何やら白熱しているようで」

「あ、ええ……」

事務局のスタッフは曖昧《あいまい》に笑った。

「……心臓外科の青井《あおい》先生です。なかなかの論客ですから」

そして、すっと顔を引っ込めた。

ところは北海道札幌市《ほっかいどうさっぽろし》。コンサートや美術展も行う多目的施設の小ホール。今日明日はこの施設全体を貸し切って日本心臓医学会の総会が行われていた。

本来であれば、麻酔科医である浅香が出張《でば》る場所ではないのだが、麻酔関係のセミナーの講師を頼まれたのだ。麻酔科医である以上、様々な手術に立ち会うが、浅香は中でも心臓関係の手術に立ち会うことが多かった。そんなことから頼まれたらしい。普段は東京で仕事をしている浅香だったが、北海道ならうまいものも食べられそうだと、のこのこ出張してきたのである。

「今回の症例は明らかにロボット手術の適応であるのに、なぜその選択肢《し》がなかったのかと聞いているだけです。なぜ、答えられないのですか」

鋭い声はまだ若々しかった。聞いている方が恥ずかしくなるほど、その声は真っ直《ます》ぐだった。

「……激しいことだ」

浅香は低く笑うと、書類を読む時や手術の時だけかけている眼鏡を外し、軽くレンズをぬぐった。

夜の街は好きではない。少し騒がしすぎるからだ。夜は好きだが、それは静かな夜で、こんな風に喧噪《けんそう》に満ちた夜は嫌いだ。浅香は少し眉をひそめ、軽く首を横に振った。

「浅香先生、もう一軒いかがですか？」

背後からかけられた声に、浅香は軽く手を振って答えただけだった。

総会の接待は二時間で十分だ。後は静かな夜を楽しませてもらいたい。それが何よりの接待というものだ。総会のスタッフをその場に残して、浅香はひとり歩き出した。

夜の街での嗅覚《きゅうかく》は聞く方だ。知らない街を歩いていても、たいていいいバーに当たる。もしピンとくる店がなければ、ホテルのバーで二、三杯空けて寝るだけだ。

「さて……」

ぐるりと周囲を見回す。暗がりに小さな明かりが見えた。ぽつんと小さなランプが灯《とも》り、黒いドアを照らしている。ドアに近づいてみると、明かりの中に黒いメタルのプレートが浮かび上がっていた。店名なのか、『ロゼ』という名前が小さく彫り込まれている。

「ふぅん……」

名前は可愛らしいのに、ドアはひどくクール。そんなギャップが気に入った。浅香はドアを押していた。


バーは静かだった。カウンターだけの小さな店だったが、酒はよく揃《そろ》っていた。特にスコッチのシングルモルトの品揃えがいい。かなりレアなシングルカスクまで揃っている。

「酔わない飲み方してる」

チェイサーのお代わりをした浅香に、ふとそんな声がかけられた。

「え？」

店内は明かりが落とされている。浅香は声の方に振り返った。

「酒とほぼ同量……ううん、それ以上のチェイサー。いくら四十度のストレートでも、その飲み方なら酔いにくい」

声の感じはとろりと酔っているが、妙に滑舌《かつぜつ》はいい。まだ若い声だ。

「あまりに酔ってしまったら、酒の味を楽しめないだろう？」

浅香はおっとりと答えた。

「酔うから酒なんじゃないんですか？」

はっきりとした若々しい声が続ける。一つ置いた隣のスツールだ。浅香は声の方へ身体を回した。薄闇《うすやみ》の中に、こちらを向いている人影が見えた。

「酔うだけじゃない。味を楽しむんだ」

浅香は改めてグラスを持ち上げて、乾杯の仕草をする。

「君は酔うために飲んでいるの？」

こちらを向いていたのは、まだ若い男だった。年の頃は二十代の終わりくらいか。少年のように真っ直ぐな瞳が薄赤く潤《うる》んでいる。色白の頬もふわりと桜色に染まって、彼が酔いの中にあることを表している。

「酔わないと……意味がない」

浅香の問いに、彼はすっと視線を外した。手の中にあるグラスをぐいとあおる。からりと氷が鳴った。

「お代わり」

「かしこまりました」

バーテンダーが手にしたのは、ジョニーウォーカーのゴールドラベル。なかなかに高価なブレンデッドウイスキーだ。浅香は尋ねてみた。

「ちなみに、それ何杯目？」

「何杯だろう。数えてない」

光を弾く艶《つや》やかな黒髪をかき上げて、彼は無造作に言った。整った顔立ちだ。しっかりとしたラインに形作られた青年の顔付きだが、その瞳はふらふらと視線が定まらず、揺れている。

「……マスター、何杯目？」

「ジョニーウォーカーだけなら三杯目。ここにいらしてからは五杯目です」

「だそうです」

彼が振り返った。

「隣、いいですか？」

続けて尋ねられて、浅香はにっこりと微笑《ほほえ》んで頷《うなず》いた。

「どうぞ」

「ありがとう」

彼は身軽にスツールを移ってきた。青年らしい爽《さわ》やかな香りと微《かす》かなアルコールの匂いがふわりと漂う。近づいた彼の端整な顔を見て、ふと浅香は妙な既視《きし》感に襲われていた。

〝この顔……〟

目鼻立ちがバランスよくきれいに整った清潔感のある顔立ちだ。年の頃は三十代に入るか入らないか。タイを緩《ゆる》めた喉元が白い。グラスを持つ指はほっそりと長い。

〝この顔、どこかで……〟

正直、人の顔覚えはあまりいい方ではない。名前ならいくらでも覚えられるが、顔を覚えるのは苦手だ。しかし、そんな浅香でも見覚えのある顔。

〝さて……どこでだったか〟

考えながら、グラスを合わせる。チンと澄んだ音がした。


出張先のホテルのベッドは、いつもダブルを指定している。

「まぁ……こんな余禄《よろく》を期待しているわけではないけどね……」

ベッドの上には、浅香以外にもう一人いた。

「何を……言っているんですか?」

眠そうな声で彼は言った。シャツのボタンはすべて外れ、白い滑《なめ》らかな胸が浅香の手の下でトクトクと息づいている。

「眠い……」

浅香は酒を飲むと目が冴《さ》えてしまうタイプだ。しかし、彼は違うらしい。バーから一緒に出て、来るかと誘ってみたら、あっさりついてきた。ベッドはある? と聞かれ、あると答えたからだ。眠いというのは、おそらく本心だ。

「眠ればどこでもいいって……聞かないんですか?」

「誰でもいいのか?」

ふふっと笑う。潤んだ瞳が相変わらずふらふらとさまよい、びっくりするくらい長い睫《まつげ》の瞼《まぶた》がふわっと落ちる。

「誘っている?」

浅香の問いに、彼は小さく笑った。

「どうかな……」

彼の腕が浅香の首に絡《から》んできた。

「ねぇ……眠らせてよ」

「おいおい……」

「ひとりでいたくないんだ……眠らせてよ」

「今の状況、わかってる？」

据《す》え膳《ぜん》はおいしくいただきたいが、後でトラブルになるのはまっぴらごめんだ。吐息がかかる位置で瞳をのぞき込んで、浅香はもう一度確認した。

「ここがどこで、俺が誰か、わかってる？」

「ここはあなたの泊まっているホテルで、あなたは行きずりの誰か」

瞳はふらふらとさまよっているが、彼の言葉は意外なくらいにしっかりしている。

「ＯＫ」

これ以上は無粋《ぶすい》だろう。浅香は彼の薄く開いた唇に唇を合わせる。髪を指先で梳《す》き上げながら、ゆっくりと舌を潜り込ませていくと、すぐに甘く絡んできた。

「……っ」

忙《せわ》しなく指が動いて、浅香のシャツのボタンを外していく。

「別に逃げやしない」

慌《あわ》てるなと指先を握りしめて、耳元に囁《ささや》きを吹き込む。

「せっかくの夜だ。ゆっくり……楽しもう」

彼はまだ若かった。全く緩みのないしなやかな身体をしている。柔らかい肌もすべすべと滑らかで、少年のような趣《おもむき》さえある。

「……あったかい……」

　素肌を引き寄せて、彼が小さくため息を漏《も》らした。体温を確かめるように、浅香の背に手を滑らせる。手入れの行き届いた滑らかな手だ。

「もっと……キスして……」

　彼の指が浅香の唇をたどる。

「抱きしめて……キスして……」

　彼が求めているものは、たぶんセックスよりも体温だと、何となくわかった。こんな形で愛し合う時は、いきなり激しいセックスになりがちだが、彼は少し違っていた。最終的に行き着くところは同じでも、その過程を彼は求めている。温かい体温にくるまれて、ゆっくりと高みに昇ることを求めている。彼をベッドに沈めて、深く唇を合わせる。甘くとろりとしたキスの味に、頭の芯が微かにふらつく。

「キスは……もういいかい？」

　何度も何度も貪《むさぼ》り合って、唇が赤く濡《ぬ》れたところで、浅香は言った。

「肩が冷えてきた」

「……肩だけ？」

　彼が笑った。

「……来てよ。暖めてあげるから」

彼の身体が柔らかくしなる。ほっそりとした腰を抱え上げて、強く引き寄せた。声にならない叫びを上げて、彼が大きくのけぞる。

もっと来て。

彼の声が身体の中から聞こえる。

もっと深く。もっと。

彼の中に取り込まれながら、浅香は微かに笑う。

ほしいものをみんなあげよう。今夜の俺は君のものだ。


昨夜、カーテンを完全に閉めなかったことに気づいたのは、朝になってからだった。カーテンの隙間から射し込む光に瞼を射られて、浅香は怠《だる》そうに目を開けた。よく晴れた朝の光は強烈だ。暴力的でさえあるそれに、浅香は目を細めた。

「朝か……」

身体を起こしながら、ベッドを見ると、まるで宗教画の天使のような整った顔立ちの青年が眠っていた。

「夜が暗くてよかったよ……」

さらさらとした滑らかな髪を額に落とし、無垢《むく》な顔で眠る青年は、犯しがたい清廉《せいれん》な魅力に満ちていた。こんな青年と動物めいた激しい行為を繰り返したかと思うと、少々恐ろしい気がしてきた。

「ん……？」

浅香は彼の白い顔に見覚えがある気がした。これほどの美貌《びぼう》だ。一度見たらきっと忘れない。顔覚えはいい方ではないが、印象に強く残る顔立ちだった。昨日も既視感はあったが、明るいところで見ると、その印象が間違っていなかったことを確信した。

「これは……」

さらりと髪を撫《な》でた。指に馴染《なじ》む細く柔らかい髪だった。秀《ひい》でた額は滑らかで、まるでアラバスターを彫り上げたようだ。

「……」

彼の長い睫がゆっくりと動いた。深い二重の瞼が開いていく。

「……おはよう」

浅香の深い声に、彼が夢の世界から戻ってくる。一歩一歩、少しずつ。

「……え……」

かすれた声。幾度か小さく咳をして、彼は目を開けた。びっくりするほど黒い瞳だ。ほとんど光彩がはっきりしないほど、普通なら茶色い部分の色が濃い。

「……俺……」

酔いが覚めて甘さの抜けた声は少し高めだった。中性的な声だ。通りはいい。

「あなた……」

天使は天使らしくない言葉を吐いた。

「あなた……誰ですか……」

浅香は彼のこめかみに軽くキスをした。

「おはよう。天から帰ってきた？」

彼はびっくりしたように、浅香の手を振り払い、ベッドに起き直った。しなやかで若々しい仕草だ。目をぱちぱちと瞬《しばた》き、しばらく頭を振って、ようやく完全に意識を取り戻したようだった。浅香はふっと笑った。

「名前なんてどうでもいいだろう？　無粋だよ」

「ちょ……ちょっと……っ！」

彼は慌てたように、ベッドの上で身を引いて、浅香の手から逃れた。そして、自分が一糸まとわぬ姿であることに気づくと、呆然《ぼうぜん》と目を見開き、次の瞬間、頭を抱えた。

「俺……いったい……っ」

「素敵な夜だったよ」

聞いているだけで背中がむずがゆくなるような台詞《せりふ》をわざと言ってみる。露悪《ろあく》的になるのは、浅香のひねくれた性格故だ。美しい青年の狼狽《ろうばい》を楽しみながら、浅香はさっとベッドから降りた。バスローブを羽織ると、大きくカーテンを開け放つ。

「うわ……っ」

黒い瞳を手で覆《おお》う青年の顔を見て、浅香はえっと目を見開いた。

明るい朝の光の中で見た彼が誰であるのか、浅香はようやく思い出していた。

〝青井真希《まき》……か？〟

医療雑誌ばかりでなく、一般誌にも顔を出す天才心臓外科医。整った彫刻のような顔立ちに、繊細な仕事をする美しい指先。

〝そして、完璧なボディか……〟

「シャワー浴びてきたら？」

浅香は煙草に火をつけながら言った。

「お先にどうぞ。コーヒー頼んでおくから」

すごい勢いで彼がベッドから飛び出した。


「やっぱり……いないか」

髪を拭《ふ》きながら、シャワーから出てきた浅香は、ふっと笑った。

部屋は見事にもぬけの殻《から》だった。律儀《りちぎ》にもルームサービスのコーヒーは受け取ってあり、ポットはまだ熱い。カップにコーヒーを注ぎながら、浅香はソファの背に掛けてあったジャケットのポケットから、一枚の名刺を抜き出した。

「うん。気がつかなかったらしいな」

薄めの紙に、表は日本語で、裏は英語で書かれた名刺。名前は青井真希。所属は関西の大学病院だ。

「間違いなし……」

彼がシャワーに入っている間に、彼のカードケースから抜いた。入っていたのは一枚ではなかったから、間違いなく彼のものだろう。コーヒーを一口飲み、名刺を窓からの光にかざす。シャワーに飛び込む寸前、青井は低い声でつぶやいていた。「何で、こんなこと……」と。彼の滑舌がいいせいで、何を言っているかはっきりと聞き取れたのだ。

「こんなこと……ねぇ」

涼やかで清廉な雰囲気を持った青井が、ベッドでは驚くほど奔放《ほんぽう》に快感を貪った。目覚めた時の彼の狼狽から見て、どうやら酔った上でのご乱行ということらしい。

「悪い酒癖だねぇ……」

名刺をポケットに戻して、浅香はコーヒーをすする。高いわりに香りはないが、とりあえず熱いことはありがたい。

「おもしろいことになりそうだ……」

ナイトテーブルに置いた時計は午前八時を指している。

「さて……これを使う日は来るかな……」

彼とは、何だか妙な縁があるようだ。

この縁はどこまで続くのか……浅香は楽しそうに笑っている自分に気づいた。

新しい病院の香りは好きだと思った。まだ病院独特の薬品臭がなくて、微かな建材の香りがする。まだビニールを被《かぶ》っているソファやテーブルもある。グリーンの大きな鉢を業者が幾つも運び込んでいる。

「特にここは……内装に無垢材を多く使ってる」

まだ患者を受け入れていないのに、今日はたくさんの人々が病院内を見回っていた。新築の医療機関でよく行われる内覧会である。患者になる予定の人々や家族、マスコミもかなり入ってきているようだ。

「設備は最新鋭、しかし、内装はナチュラルで……緑いっぱいの中庭つき。外来には熱帯魚のでっかい水槽とたっぷりの観葉植物つき」

吹き抜けの二階に立って、下を見下ろしながら隣の浅香に言ったのは、背の高い男だった。浅香も長身だが、彼はさらに上から見下ろしている。彼の名は篠川《ささがわ》 臣《しん》。浅香の大学時代からの友人だ。

「ユートピアだね」

「真の意味でユートピアになるかどうかは、人材次第なんだが」

浅香はクールに答える。

「しかし、わざわざお前を九州から呼び返すようじゃ、あまり期待できないかな」

「言ってくれる」

篠川が笑った。顔立ちの整い方は間違いなく浅香の方が上だが、少し目尻が下がっていて優しい顔立ちの篠川は、女性によくもてる。物腰も柔らかく、人あしらいがうまい。浅香と同じ大学を出て、心臓外科の医局に所属していた篠川は、二年前に九州の病院に引っ張られた。浅香も久しぶりに会う顔だ。

「そういうお前は何なんだよ」

「俺は麻酔科医だ。ここ最大の売りである心臓外科医じゃない」

北関東ハートセンター。病床数二百の中小規模だが、内容は心臓外科に特化した最新鋭の設備を備えた特殊な病院である。設備だけを取り上げれば、そこらの大学病院など裸足で逃げ出すレベルだ。

浅香は卒業以来、ずっと大学の医局に所属して、出張という形であちこちの病院で麻酔を行っていた。浅香の実家は地元では有名な個人病院だ。実家の親や後を継いでいる弟には、帰省するたびに帰ってきてくれと言われるのだが、親兄弟の顔を見ながら仕事などまっぴらごめんだ。そんなこんなで医局に所属して十年近く、役職がつかないうちに、そろそろ身の振り方を考えようかとしていたところに、この北関東ハートセンターからお呼びがかかった。待遇はなかなかによく、断る理由もなかったので、応じることにしたのだ。

「どういたしまして。院長様はすべての人材を最高レベルで揃えたと発表なさっていたぜ?」

篠川が片眉を上げながら言った。

「それはお前が入っている時点で矛盾している」

軽口を叩《たた》いているが、浅香は篠川の腕を認めている。彼とは同窓生というだけでなく、手術でも何度か一緒になっているが、その腕は賞賛に値するものだった。篠川は気分の上下のない男だった。いつも冷静で、浅香は彼が狼狽するのを見たことがない。外科医には向くタイプの男だ。

「言ってくれる」

篠川はあははと笑い、浅香の肩に軽く手をかけた。

「でも、それ当たってるかも」

「あ?」

「おー、報道陣がいる。派手だなぁ」

のほほんと言って、篠川は続けた。

「俺、ここの目玉じゃないもん。えーと、添え物?」

「お前を添え物扱いするとは、大したもんだな」

浅香は真面目な口調で言った。篠川の腕は知っている。彼は東京から九州まで引っ張られたほどの腕を持っているのだ。大学でも一、二を争うレベルのテクニックを持っている。出世欲があれば、大学でもいいところまでいけたであろう逸材《いつざい》だ。

「そうだね。でも、ここの医長に座る医者の名前聞いて、納得はしたよ」

篠川は浅香の耳元に顔を近づけて言った。

「ほら、あそこにその医長様がいる」

「え?」

下を見下ろす。報道のカメラに囲まれて、小柄な人影が見えた。身長は高くないが、身体バランスは整っている。小柄だが、華奢《きゃしゃ》な感じはしない。むしろ、その身体は強いバネを感じさせる精悍《せいかん》さがあった。締まった美しい身体だ。しかし、何より美しいのは、彼の顔立ちだった。彫刻のように整った端整な顔立ち。意思を感じさせる黒い瞳。引き締まった口元がひとつひとつ丁寧《ていねい》に質問に答えている。

「あれは……」

浅香の言葉に、篠川が答えた。

「青井真希。今、マスコミ受けナンバーワンの天才心臓外科医様だ」

北関東ハートセンターは、最先端の設備を整えた新しい病院である。完全に心臓外科だけに特化した特殊な病院で、突然の心筋梗塞《こうそく》で世を去ったある企業オーナーの莫大《ばくだい》な私財を元に作られたものだった。遺族が相続税を国に納めるくらいならと、ぽんと遺産を寄付してしまったのである。斯《か》くして、最高の設備と人材が、潤沢《じゅんたく》な資金を元に集められた。

「ああ、先生方、こちらでしたか」

穏やかな声に、浅香と篠川は振り向いた。医局内にある明るいラウンジで、二人はコーヒーを飲んでいた。さすがに最新鋭の新しい病院で、医局内にコーヒーマシンが置いてある。いい豆も一緒に置いてあって、早速いただいていたというわけである。

「お疲れ様でした、院長」

浅香が言った。

「マスコミ対応も大変ですね」

「まぁ、いい宣伝にはなりますよ」

柔らかい声で言った院長、石津《いしづ》は循環器内科の医師である。小柄で、柔和な笑顔が印象的な優しい顔立ちをしている。心臓を専門とした、かなり名の通った医師だ。彼が院長と聞いて、浅香は納得した覚えがあり、それならと所属を快諾《かいだく》した経緯もある。

「患者さんが来て下さらないことには、病院も何もあったものではありませんから」

開院を前に、すでに診療は予約で三ヶ月先まで満員になっているという。金に飽《あ》かせたという言い方は好きではないが、ずらりと揃えた名医と最新鋭の設備は伊達《だて》ではないということか。

「開院前に顔合わせができてよかったです。診療が始まってしまったら、ばたばたしそうですから」

石津は言って、後ろを振り返った。

「青井先生、心臓外科の篠川先生と麻酔の浅香先生をご紹介します」

「はい」

素直な声と同時に出てきたのは、小柄な青井だった。身長は百七十を越えるか越えないかだが、身体バランスは絶妙だ。長身の中にいるから小柄に見えるのであって、彼が一人でいれば、それほど小さいとは思わないはずだ。

「初めまして。青井です」

やはりよく通る声だなと思った。彼はぺこりと頭を下げ、顔を上げて、ぎょっとした表情で目を見開いた。

「初めまして」

篠川がのんきな口調で答えている。

「篠川です。青井先生のお噂はかねがねうかがっておりました。一緒に仕事ができるのを楽しみにしてきました」

しかし、青井は答えられない。凍りついたように固まり、じっと浅香を見つめている。

「初めまして」

浅香はゆっくりと言った。青井の黒い瞳が自分を凝視《ぎょうし》しているのを感じる。どこにも曇《くも》りなどない清廉な瞳だ。

「麻酔の浅香です」

彼の唇がまさか……と動いた。それはそうだろう。まさかここから飛行機の距離の街で出会った二人が再び、しかも職場の同僚として出会うなんて、普通ならあり得ないことだ。そう、普通なら。

〝君は普通じゃないからな……〟

青井は業界以外でも知る人の多い有名人だ。そして、ここは新進気鋭のものを集めている病院。北海道での学会から帰った直後、大学で遊んでいた時にここに声をかけられた時から、浅香は青井に再会することがあるかも知れないと思っていた。ただ、それが予想以上に早かっただけだ。

あの学会の日、札幌の歓楽街は心臓外科医や循環器内科医の人口密度が日本一高かったはずだ。もちろん、たった一軒の小さなバーで出会ったことや、その後起こったことは、偶然の上にも偶然を重ねた奇跡の出会いだったが、ここでの再会は言ってみれば必然だった。今日本でいちばん有名な心臓外科医である青井が、ここに現れる確率は、他の病院で出会う確率に比べれば、格段に高かったからだ。

しかし、青井はそれを知らない。浅香が麻酔科医であることも、あの学会に招かれていたことも知らなかった。この出会いは彼にとっての必然ではないのだ。

「青井先生?」

石津がいぶかしげに見ている。しかし、青井は動けないままだ。

彼は覚えている。間違いなく、浅香を覚えているのだ。行為自体は酒の上のことでも、翌朝酒が抜けた状態で顔を合わせたのだから、覚えていても不思議ではない。浅香はにんまりと唇の端を持ち上げて笑った。

「よろしくお願いいたします」

手にしていたカップを目の高さに上げる。

「コーヒーいかがですか?　青井先生」


北関東ハートセンターが開院したのは、七月に入った日だった。石津院長自らの宣伝の効果があったのか、初日から予約はいっぱいで、予約外の患者も押し寄せる大盛況となった。

「くたびれたー」

午前の外来が押しに押し、外来担当医が食事をとるためにスタッフ用の食堂に行けたのは、午後三時を回ってからだった。午後に外来を組んでいなくて幸いだった。篠川が定食を前にぼやいている。

「予約なんて、あってなきがごとしだな」

　ぐったりとへばっている篠川に、浅香は言った。麻酔科医の浅香は外来を持っていない。まだほとんど入院患者のいない病棟をぐるっと回り、あとは手術部の内容を点検したり、総合外来を手伝ったりして、忙しない病院内でのんびりと過ごしていた。今も、食事はとっくに終え、コーヒーを飲みに来たところである。

「まぁ……閑散《かんさん》としているよりはいい。結局、病院も経営だから」

　篠川はおっとりとした調子で、はっとするほど辛辣《しんらつ》なことを言った。浅香は苦笑するだけだ。

「総合外来診てたけど、風邪やら腹痛までいたよ」

「風邪は論外にしても、腹痛はね。最近はテレビでいろいろ言ってるから、素人《しろうと》も放散痛《ほうさんつう》の知識をかじってる」

　放散痛とは、本来病んでいる部分以外に痛みが起こることをいう。心臓が悪くても、胃が痛んでいるように感じたり、肩が痛んでいるように感じたりすることがある。

「深刻なのはなかったから、ほとんどそっちに回さずにお帰りいただいたけど」

　北関東ハートセンターでは、予約なしの総合外来を設けていた。若手の医師がここで予約外の患者をふるいに掛ける。専門に回した方がよければ、そのまま循環器内科や心臓外科に回し、回す必要がなければ、近隣の病院や開業医に紹介するのだ。まだ着任していない医師もいて、今日はここがいちばんごった返していたため、浅香も手伝っていた。

「で？」

浅香はちらりと篠川を見た。

「お隣は？」

心臓外科は三診に分かれている。一診が青井で、二診が篠川だ。篠川が笑った。

「そりゃもう、大盛況。彼、丁寧だね」

話しているうちに気力が戻ってきたらしい。篠川は食事を始めた。

「俺たちより年下だけど、大先生じゃん。名前は知れ渡ってるし、実際背負ってるもんもすごい」

「そうなのか？」

「そりゃね。聖都《せいと》医科大学始まって以来の天才外科医。どんなオペやらせても切れ味がすごくて、一気に一流外科医の地位まで駆け上った。それに」

篠川が意味深に囁く。

「小柄だけど、あの美貌でしょ。そこらへんのモデルとかアイドルなんて、逃げ出したくなる」

その時、食堂の入り口付近でざわつきが聞こえた。顔を上げると、噂の主が入ってくるところだった。

「青井先生」

浅香はさっと立ち上がり、昼食の乗ったトレイを持ち席を探していた青井に声をかける。

「よろしかったら、一緒にいかがですか?」

「あ、いや……」

浅香を見て、ぎょっとした風の青井だったが、完全に首を振る前に、周囲の視線に負けたように頷いた。広くはない食堂だ。どこに座っても、注目の的になることからは逃れられない。ただじろじろ見られるよりは、少しでも話していた方が楽かも知れない。医師同士なら、プライベートに足を突っ込まなくても、話せることはある。

病院のスタッフたちは、医師たちの機微に敏感だ。特にプライベートには。開院したばかりの病院で、超のつく有名医師である青井の動向は、スタッフたちの注目の的なのだ。仕事の話題で切り抜けたいという、青井の思考を読んだ浅香の勝ちである。

「……失礼します」

トレイを持って、青井はおとなしく浅香の斜め向かいに座った。篠川の隣である。

「お忙しかったようですね」

浅香の問いに、青井は小さく頷いた。

「予約はいっぱいだと聞いていましたから」

「青井先生、海外に行かれるという話もあったでしょう?」

篠川が聞いた。

「俺、正直、ここで青井先生に会って、少しびっくりしたんですよ。てっきり、海外に行かれると思ってたから」

「話はありました」

青井はゆっくりと食事をしながら言った。育ちがいいのか、箸《はし》使いがきれいで器用だ。煮魚を上手にばらして食べている。清潔な白い指先。

「でも、日本でやることがまだあると思ったので」

「やること?」

コーヒーを飲みながら、浅香がゆったりと尋ねた。

「それは何ですか?」

「……そうですね」

浅香の方を見ないようにしながら、青井が言った。

「僕はまだ医師として、人間として未熟です。まだ学ばなければならないことがたくさんあると思っています」

「優等生の答えですね」

浅香はうっすらと笑った。どこまでも清潔で美しい青井真希。彼には欠点というものがないのだろうか。いいや、そんな人間がこの世にいるはずがない。

「まだ本音が聞けるわけもないか」

「僕は何も偽ってはいません」

青井は一瞬視線を戻してから、すぐにぱっとそらした。耳の辺りが少し赤く染まっているが、顔は逆に青ざめて見えるほどで、彼の中にある複雑な気持ちを表しているようだ。

〝そう……欠点のない人間なんて、いやしない〟

彼はあの朝のことをちゃんと覚えている。夜のことを覚えているかは定かではないが。

「僕は……まだ自分が医師として一人前だとは思っていません。確かにできることはあると思いますが、まだ……足りないものがある」

青井は少し箸を止めて、じっとテーブルを見つめた。

「それを僕は……探しに来たんです」

「へぇ……」

浅香は少しおもしろそうに目を細めた。

「日本中の患者を助ける……とかいうのではなくて？」

「浅香」

「浅香先生」

青井は黒い瞳で、浅香を見た。今までの戸惑いを一瞬振り捨てた、怖いくらいに真っ直ぐな瞳だった。

「僕は茶化されたり、からかわれたりするのが好きではありません」

「そう？　からかっているつもりはないけど」

浅香は青井を見つめて言った。浅香の瞳はどちらかというと淡い色をしている。誰かが非人間的とのたまった薄茶色の硬質な光を放つ瞳である。

「ただ、青井先生のことが知りたいだけでね」

「僕の何を？」

青井は少し睨《にら》むように目の力を強めた。怒ったような顔をしても、やはり美貌は美貌だ。凛々《りり》しい目鼻立ちはまるでギリシャ彫刻のようだ。浅香は見とれてしまいそうになる。

〝美貌も君の才能のひとつだね、間違いなく〟

「何って。全部」

浅香はあっさりと言った。

見事に青井の顔が真っ赤になった。耳どころではない。白い顔が見事なまでに真っ赤になった。前言撤回。彼はあの夜のことを覚えている。完全ではないかも知れないが、断片的に記憶は持っている。浅香は微かに笑った。向かいに座っている篠川が「悪い顔」と口を動かす。

「……失礼します」

食事を半分も残して、青井は立ち上がった。

「コーヒーは？」

浅香の問いかけに、彼はぱっと背を向けた。

「……医局にもコーヒーはありますから」

病院の医局は、診療棟とドア一枚で遮《さえぎ》られていた。ＩＤカードをスリットに滑らせて、ドアを開ける。中はドアがずらりと並んでいて、それぞれの医師にひとつずつ医局が与えられていることがわかる。そして、突き当たりにあるガラスドアがラウンジだ。中は窓が大きく取られた空間で、パソコンを置いたデスクが二台と大きなテーブル、白いソファセットが置かれている。

「お疲れ様」

ラウンジのドアを開けながら言うと、中にいた青井が顔を上げた。ソファにもたれて、外をぼんやりと見ていたようだった。浅香を見て、はっとしたように身体を起こした。浅香はそのままと手を動かす。青井が低い声で言った。

「……お疲れ様です」

浅香はドアの前に立っている。青井は逃げることを諦《あきら》めて、また外に視線をやった。

「ここ、見晴らしいいよね」

ゆっくりと青井に近づきながら、浅香は言った。青井は答えない。

「病院自体が高台に建っているんだってさ」

「……知ってます」

青井は素っ気なく答え、沈黙を避けるように続けた。

「ここに建てると心臓の悪い患者さんが坂を上ってこなければならない。だから、ここまでバス路線を延ばした。バス路線を延ばすためには、それなりの乗客がバスを利用しなければならない。交渉はなかなか大変だったようです」

「詳しい」

「自分が就職するところです。それなりにいろいろ調べました」

「まぁ、調べなくても、君にならなら情報は入ってくるだろう?」

浅香はコーヒーマシンに豆を入れてセットした。カリカリと豆をひく音がして、コーヒーの香ばしい香りが漂い始める。

「しかし、驚いたよ」

カップを用意しながら、浅香は言った。彼は一人だ。少しつっこんでみてもいいかも知れない。彼を知りたい。彼の偽らない姿を知りたい。

「君に、ここで会うなんてね」

「どういう意味ですか」

早すぎるタイミングで、青井が切り返してくる。

「僕がここにいることが意外ですか」

「そうじゃない」

コーヒーが落ちるのを待ちながら、浅香はのんびりと言った。獲物はゆっくりと味わってからしとめたい。

「そうじゃないことぐらい、賢明な君ならわかってると思うけどな」

「……何のことですか」

「北海道は札幌、日本心臓医学会総会の夜」

コーヒーをカップに注ぎながら、浅香は言った。

「いい夜だったね」

「……」

青井は答えない。ただ黙って外を見ているだけだ。時間は午後六時過ぎ。すでに外は淡い黄昏《たそがれ》に包まれていた。

「いつも、飲むとああなの？」

差し出されたカップを青井は黙って受け取った。

「黙《だんま》りかい？」

「何も言うことはありませんから」

叩きつけるように言って、青井は振り返った。

「僕はここであなたに初めて会った。それだけです」

「ふぅん……」

ふふっと浅香は軽く笑った。

「まぁ、いいさ。そういうことにしておこうか」

コーヒーはモカ。軽い酸味がおいしい。

「君とは長いつきあいになりそうだ。急ぐことはない」

今日はここまでにしておこう。どこまでも清潔で美しい君も悪くない。悪くないが……。

浅香はカップを持って、ラウンジを出た。

一人ソファに座り続ける固い背中を残して。

ACT　3

北関東ハートセンターの船出は順調だった。

「循環器専門病院で、一日の外来が三百越えか」

開院から一ヶ月が過ぎ、季節は真夏だ。スタッフも揃って、病院は外来も病棟も本格的に動き始めていた。さすがに満床とはいかないが、病床の稼働率は九十パーセント。十分だ。医局会議で配られた開院一ヶ月のデータを見て、浅香は言った。

「思った以上だな」

「それだけ、石津院長の手腕が見事だってことだよ」

おっとりと篠川が言う。ここは浅香の医局だ。それぞれ個室になっている医局には、パソコンの乗ったデスクと椅子、ベッドになるソファが備え付けられていて、なかなかに快適だ。もちろん当直室もあるのだが、ほとんどの医師たちが自分の医局に泊まっているらしい。ここの方がパソコンをいじったり、DVDを見たりと、長い夜を過ごすのに都合がいいからだ。

「知ってる？　石津先生って、青井先生と同じ大学」

「ああ。聖都医科大だろ？」

「新興だけど、さすが私立だよね。あっという間に国試合格率百パーセント叩きだして、学生をかき集めた」

ぽんと篠川は持ってきた週刊誌を投げ出した。

「ここ」

ページを開くと『聖都医科大学の奇跡』の記事があった。新興でありながら、第一線の医師たちを教授として迎え、現場を学べる大学として、医師を目指す学生たちの憧れの学校のひとつとなった。

「特に……青井先生の存在は大きいよね」

記事にも、青井の名はあった。新進気鋭の天才外科医を輩出したことは、大きなセールスポイントとなっている。マスコミにも取り上げられることの多い青井真希の出た大学であり、彼が関西の大学病院に移るまで所属していた場所ということは、大きかった。事実、青井の名がマスコミに出るようになってから、聖都医科大の競争率は跳ね上がっていた。大学のマーケティングは成功したのである。

「石津先生は循環器内科教室の講師だった。当然、青井先生を教えたこともあっただろうね」

「なるほど……それで、石津先生の誘いに青井先生は応じたのか……」

心臓外科医を目指していたなら、青井は循環器内科の講義も熱心に聞いていただろう。教師は熱心な学生に目を掛けるものだ。そして、熱心な学生も教師に感謝する。斯くして、石津と青井の師弟関係は出来上がった……ということか。

「でも、よく青井先生はここに来たよなぁ」

ソファに座って、篠川が言った。

「海外留学の目もあったんだしさ。俺だったら、たぶんそっちに行っちゃうなぁ……」

「留学の話ってのは、結構現実味あったのか?」

浅香は自室にコーヒーメーカーを持ち込んでいた。味はラウンジのコーヒーマシンの方が上だが、当直の夜にいちいちラウンジまで行って、一杯分だけいれるのは面倒だ。これならコーヒー粉の入ったカートリッジをぽんと入れると、簡単に一杯だけいれられる。そのコーヒーを篠川に振る舞ってやりながら、浅香は言った。

「話だけってことは?」

「それはないと思うよ」

いただきますとカップを受け取って、篠川はおいしそうにコーヒーを飲んだ。

「これ、いい豆使ってる?」

「カートリッジだから、中身は知らない」

浅香はあっさりと言った。

「うまいもん飲みたきゃ、ラウンジに行け」

冷たいなぁと笑って、篠川は話を続けた。

「青井先生の動向って、俺たちの業界的には注目の的だからね。結構細かいことまで伝わってくる。青井先生には海外の大学から幾つもオファーが来ていて、留学してる奴らにも、調査ってのかな、彼はどうだみたいな話があったと聞いている。俺を九州に引っ張っていった先輩もアメリカに二年行ってた人だったから、あっちからメールあったたってさ」

「ふぅん……」

「青井先生も短期では行ってたみたいだよ。学会のついでに、ちょこっとのぞきに行く程度はね。まぁ、彼の腕と頭なら、普通ののぞき方はしないだろうけど」

「なるほど」

「先輩の話じゃ、アメリカの大学で一カ所、ほとんど決まりかけてたところがあったみたい。それを振って、ここに来たって言うんだから……よほど、石津先生の誘い方がうまかったんだろうってのがもっぱらの噂」

石津匡《ただし》は物腰の柔らかい内科医らしい医師だ。患者の評判はいい。循環器内科も心臓外科同様三診立っているが、中でも石津の患者がいちばん多いという。

「まぁ……手術部の設備はいいよな。聖都くらい新しい大学なら、設備もまずまずだろうが、最新鋭ばかりじゃないだろう。それは……確かに医者としちゃ魅力だよな」

浅香は麻酔科医という職業柄、多くの病院の手術室に入っている。麻酔科医の絶対数は少ない。外科医が兼ねている病院も多く、それだけに腕のいい麻酔科医はあちこちから引っ張りだこになる。特に人工心肺を使うことの多い心臓外科の手術に、麻酔科医の存在は絶対だ。外科医よりも多くの病院の手術室を経験している浅香は、その設備もよく見ている。まさにピンキリという奴で、前世紀の遺物のような麻酔器を使わされたこともあれば、発売したばかりの最新鋭を使ったこともある。ちなみに、この北関東ハートセンターの麻酔器は最新鋭である。

「これ、ここだけの話だけど」

篠川が言った。

「ダ・ヴィンチの導入も……視野にあるみたいってか、間違いなく入るよ」

「ダ・ヴィンチ……」

ダ・ヴィンチは手術支援ロボットだ。精密な手術をより安全に行うために作られたロボットである。見た目はロボットという名前とはほど遠いものだが、コンピュータで完全に制御された三本のアームを遠隔操作で自在に扱い、わずか数センチの切開で内臓の摘出術もこなすことができる。低侵襲性の手術を可能にした画期的なものだが、それだけに操作する医師のテクニックが問題になる。テクニック的に問題のある医師が安易に使えば、逆に手術時間の延長を招き、患者の命を危険にさらすことにもなりかねない。

「青井先生は、聖都に入っているダ・ヴィンチのチーフオペレーターだった。関西に行ってからも、ダ・ヴィンチが入ってる病院に呼ばれては、その腕を披露してたっていうから、たぶん、今日本でいちばんダ・ヴィンチでの心臓オペを経験している医者の一人だろうね」

「はぁ……」

ダ・ヴィンチを別にしても、いろいろな意味ですごいとは聞いていた。実際、麻酔を手がけながら見た、メスを使った彼の手術のテクニックはずば抜けていた。判断が早く、手先が器用。目も勘もよく、彼の頭の中にある完成形に向かって、一気に突っ走るだけのタフさもある。しかし、様々な医学雑誌の記事からすると、彼の本領はダ・ヴィンチを用いての内視鏡下手術だという。そこで彼は成功率百パーセントを叩きだしている。彼は失敗しないのだ。

「それ、青井先生のために入るんだよな……」

「だろうね。俺も一応一通りのことはできるけど、彼のオペは一種芸術に近いって聞いてる」

「お前のオペも大したもんだよ」

浅香はぽんと篠川の肩を叩いた。

「まぁ、青井先生には負けるかも知れないが」

「天才と一緒にしないでよ。あれはもう……神の領域だよ」

篠川がため息をついた。

「噂以上だよ。間近で見て、鳥肌が立った。文字通り、ざわっと……怖くなったよ。あれは……メスを握るために生まれてきた人間だ」

篠川が無意識なのだろう、腕をさすった。

「彼の目には、俺たちには見えないものが見えている。神様がさ、彼のためにだけ、患者の身体の中に線引いているんじゃないかと思った。で、彼はそれを見て、その通りにメスを走らせている……そんな気がするくらい、すごいんだよ」

同じ心臓外科医だからこそわかることなのだろう。麻酔を担当しながら横目で見た青井の手術は、確かに早かった。それも雑にやっているというのではなく、単純に手が早いのだ。ためらうことも考えることもない。機械的に思えるほど素早く、彼はメスを走らせ、結紮《けっさつ》し、縫い合わせる。きっと、それが神業《かみわざ》というものなのだろう。

「でも」

篠川がふと気づいたように言った。

「浅香、青井先生が何で有名になったか知ってる？」

「え？」

浅香は手元にあった雑誌を見直した。

「……オフポンプ……？」

「そう」

コーヒー冷めちゃったとつぶやきながら、篠川が言う。

「オフポンプ……人工心肺に切り替えることなく、心臓を動かしたままで行う心臓手術。ダ・ヴィンチによる内視鏡下の手術を頻回《ひんかい》に行うまで、彼は、心臓バイパス手術のエキスパートと言われていた」

心臓バイパス手術とは、血栓《けっせん》などで詰まってしまったり、狭くなってしまった、心臓を動かすための冠動脈《かんどうみゃく》に、身体の他の部分からとってきた血管をつないでバイパスを作ってやるものだ。心臓の手術の中では最も頻繁《ひんぱん》に行われるものである。

「普通、心臓の手術って、人工心肺使うよね。心臓止めないと話にならないみたいなところあるじゃない」

コーヒーを飲みながら、篠川が言った。浅香が頷く。

「まぁ……通常はな。心臓にメス入れようっていうんだから、ぴこぴこ動かれてたんじゃ危なくて仕方がない」

心臓手術では、通常、患者の生命維持を機械に委《ゆだ》ねる。患者の呼吸も心臓の拍動も止めて、すべてを機械に代行させるのだ。これが人工心肺である。

「オフポンプ手術は?」

篠川が尋ねてくる。

「ああ、聞いたことはある。何度か見たこともあるが、神業は……」

浅香はデスクに座り、手元のパソコンで検索をかけた。出てきたのは、医学関係の機械メーカーが出しているPR誌だった。そこに「光を灯す最先端医療」という特集があり、そこには様々な心臓手術のデータも添付されていた。

「ふぅん……症例数はやはりあまり多くないな……」

篠川が肩をすくめた。

「そりゃね。できる医者が限られるし。彼はそのオフポンプでの心臓バイパス手術を最も得意としていたんだよ」

浅香は雑誌に戻り、再び記事を読み直した。

青井真希は、心臓手術の中でも、ミリ単位の血管縫合を行う心臓バイパス手術を得意とし、さらにオフポンプ、ダ・ヴィンチを用いた完全内視鏡下の手術の第一人者だという。

「……あり得ない」

浅香はぽんと雑誌を投げ出した。

「心臓バイパス手術は、心臓手術の中でも、いちばん経験が物を言うものだろう？　あの若さで第一人者って……」

「だから、天才なんじゃないの？」

コーヒーのお代わりを要求しながら、篠川が言う。

「正直、外科医ってさ、あるラインから上は才能が物言う世界だと思うよ。残念ながら、練習でうまくなるテクニックには限界があってさ。神って言われるような医者には、凡人にはない才能があんの」

「それが……青井真希か……」

病院がスタートして一ヶ月。まだ青井の本領は発揮されていない。彼は眠れる獅子《しし》のごとく、淡々と入ってくるステントやカテーテルでの手術をこなしている。その手際も見事ではあったが、恐らく彼本来の姿ではないはずだ。

「何にしても、病院がさらに軌道に乗って、青井先生が腕を振るえるような患者がばんばん来るようにならなきゃ、神の手は見られないってこと」

「それ逆じゃないのか？」

浅香は笑いながら言った。

「青井先生は客寄せパンダの意味もあるんじゃないのか？　彼が神の手を見せることによって、より患者が集まってくる……」

その時、篠川のポケットでＰＨＳが鳴った。

「はい、篠川……はい……はい……了解。そっちに行けばいい？　……はぁい」

電話を切ると、篠川は立ち上がった。

「お呼び。救急車が入る」

「ご苦労さん」

手を振って、篠川が出て行った。浅香も病棟を回るために、部屋を出た。


広い廊下を浅香は歩いていた。壁は香りのいい無垢材が張ってある。床は淡いグリーン。柔らかいクッションフロアだ。両側にはクリーム色の引き戸がずらりと並んでいて、小さなネームカードがドアの横にある。病室である。

「あ、浅香先生」

看護師が声をかけてくる。

「ちょうどよかった。明日の手術の麻酔ですけど……」

「ああ」

看護師が持っていた端末をのぞき込みながら、ふと浅香はよく通る声が聞こえてくることに気づいた。そっと視線を上げると、廊下の片隅で青井が患者と話しているところだった。手術を終えたらしい患者が点滴を引っ張って、廊下に立っている。青井はにこにこと人なつこい笑顔を見せていた。

〝へぇ……〟

笑うと、端整な顔が可愛らしく見えた。やはり彼はまだ若い。笑顔に幼ささえ見える。

「……身体も嘘《うそ》みたいに楽になって……」

「手術した甲斐《かい》がありましたね」

患者が廊下を歩いていた青井を捕まえたのだろう。青井は笑顔で応じている。

「どうして、手術をあんなに怖がっていたのか、自分でもわかりませんよ」

患者は壮年の男性だった。青井は軽く首を振った。

「それは当然です。自分の身体にメスが入ることは誰でも怖いし、心臓や呼吸を止めることを説明されると、さらに怖くなる。当たり前のことです」

意外な言葉だった。

〝おや……〟

医師の中には、患者が手術を怖がることに苛立《いらだ》ちを覚えるタイプも少なくない。自分の腕に自信を持っているなら、なおのことだろう。

「でも、うまくいってよかった。あまり無理しないようにして下さい」

「ありがとうございます」

〝ああ、そうか……〟

看護師から端末を受け取り操作して、前投薬の指示を出しながら、浅香は心の中で頷く。

〝過剰な宣伝なんて、彼には必要ない……〟

彼は医師だ。患者を一人退院させるたびに、それが彼の力になる。彼の持つ力が患者に作用して、次の患者を呼ぶ。

〝斯くして、名医は出来上がるわけだ……〟

笑顔を残して、患者に手を振る青井を見て、浅香はつぶやく。

「なるほど……ね」

青井がこちらに近づいてきた。

「じゃ、これ」

「はい、ありがとうございます」

浅香は端末を看護師に返す。

そして、横を通り過ぎようとした青井の腕を軽く捕まえた。

「青井先生」

「……離して下さい」

青井の声が尖《とが》った。さっきまでの笑顔はどこに行ったのか、その表情は硬く強《こわ》ばっている。

浅香はふっと笑った。彼は実に正直だ。可愛らしいまでに。

「そんな顔しないで下さい。まだ何も言っていないでしょう？」

「話なら、腕を摑《つか》まれなくてもできます」

まるで子供のように、青井は浅香の手をふりほどいた。まだ横にいた看護師がびっくりして見ている。浅香は彼女に囁くように言った。

「師長が見ているよ」

「あ、はい……っ」

うまく看護師を追い払い、浅香は青井の肩を軽く押して、廊下の端に寄った。

「青井先生、後で飲みに行かない？」

「どうして、僕があなたと飲みに行かなきゃならないんですか」

「しっ、声が大きいよ」

青井の声は通る。指を唇に当てて制して、浅香は唇の端を上げて笑った。

「いいじゃない。同僚ってことで。君とゆっくり話がしてみたい」

「僕はしたくありません」

ぴしりと青井が拒絶する。

「失礼します……っ」

その時、青井のＰＨＳが鳴った。


病院の廊下を、青井と浅香は並ぶようにして歩いていた。

「何でついてくるんですか」

青井の声が尖っている。

「興味。好奇心」

のほほんと浅香が答える。

「暇なんですか」

「君よりは」

青井と浅香は言い合いながら、救急室に急いでいた。というより、急いでいる青井に浅香がついていっているのだ。

「お待たせしました」

礼儀正しく言って、青井が救急室に入った。浅香もするりと滑り込む。

「ああ、青井先生……って、何で、浅香が……」

さっき呼ばれて行った篠川がきょとんとして、浅香を見ていた。浅香はにっと笑った。

「見学。篠川先生の手腕を拝見しようと思って」

「何言ってんだか……」

救急車で運び込まれたのは、他の病院からの転送だった。

「患者は狭心症の疑いで来院。来院時、度重なる胸部痛を訴え……」

篠川が紹介状を読み上げる。青井はさっとステート《聴診器》をつけて、運び込まれた患者を診察し始めた。

「……まだ発作が続いてる。長いな……」

そして、ぱっと顔を上げた。

「モニターつける前に心電図十二誘導でとって下さい」

「はい」

「その後、エコーをとります。準備して」

素早く指示を出してから、患者の方に軽くかがみ込んだ。

「心臓外科の青井です。今日から、僕が主治医として診せていただきます。よろしいですか？」

「はい……」

患者が答えた。青井はにこりと笑った。

「大丈夫です。すぐによくなりますからね」

不安そうだった患者の顔がふっと明るくなった。まだ苦しそうに胸を押さえているが、表情に明るさが見える。

〝これが……希望か〟

希望というものを形にして見せられた気がした。浅香は目を瞬く。これほどわかりやすい人の感情の変化を、浅香は初めて見せられた。彼の持つ圧倒的な存在感が、患者の心を摑んだ瞬間だった。


「カンファレンスを始めます」

病院内の医局には、カンファレンス室が設けられていた。細長いテーブルと座り心地のいい椅子がコの字型に並べられ、パソコンやコーヒーマシンも備え付けられている。会議を行うための部屋だ。そこに医師たちが集まっていた。週に一度のカンファレンスである。

「症例を篠川先生から」

石津に促《うなが》されて、篠川が立ち上がった。

「患者は五十五歳、男性。既往《きおう》は特になし。三ヶ月前から軽労作時の胸部痛を感じていました。安静で五分程度で収まるので放置していたとのことですが、その発作がだんだん長引き、また発作が頻回になってきたため、近医に受診。受診中に大きな発作を起こしたため、救急車で当院に転送となりました」

スクリーンにエコー画像が出た。

「来院時のエコーです。施行者は青井先生です」

石津が落ち着いた声で言った。

「では、青井先生からお願いします」

「はい」

篠川に替わって、青井が立ち上がった。

「……この通り、冠動脈の狭窄《きょうさく》が見られます。特に、左冠動脈主幹部の狭窄が強く、狭窄率は八十パーセントを超えています」

「前下行枝《ぜんかこうし》にほとんど血流がないな……」

誰かがつぶやいた。

「回旋枝《かいせんし》への血流もほぼなくなっています。こちらが緊急アンギオの画像です」

画面が切り替わった。心臓カテーテル検査の画像だ。血管が造影されている。しかし、心臓への血流は左半分がほぼなくなっている。

「これは危険だな……」

石津がつぶやいた。青井が頷く。

「すでに薬物治療での範囲は超えていると思われます。心筋梗塞への進展の前に処置すべきと考えます」

浅香は手を上げた。

「処置とは？」

青井が視線だけを動かして浅香を見てから、ゆっくりと口を開いた。

「僕は……心臓バイパス手術の適応と考えます」

「賛成です」

篠川が手を上げげた。

「患者の体力が落ちないうちに、手術に持っていくべきです」

「……そうですね」

石津が両手をテーブルの上で組んだ。

「それでは、カテーテルインターベンションの予定を……」

「待って下さい」

青井がびっくりしたように言った。

「なぜ、カテーテルインターベンションなんですか」

カテーテルインターベンションとは、カテーテルを使った血管拡張術だ。開胸を伴わないため、患者の負担が少ないが、再狭窄を起こす可能性が二割から三割ある。患者の状態や体力によって、心臓バイパス手術と使い分けることになる。

「患者はまだ壮年です。十分手術に耐えられる体力を持っています」

「でも、先方から送られた紹介状を見る分には、かなり頻回の発作を起こしています。心臓への負担を考えると、全身麻酔は回避した方がいいと考えます」

石津がゆっくりと言った。

「心臓への負担とおっしゃるなら、オフポンプでの手術を考えたらいかがでしょうか」

青井が言った。両手を握りしめて、ぐっとテーブルを押さえるようにしている。まるで、自分の心を押さえているようだと、浅香は思った。

〝はやる心を知性で押さえている……か〟

「オフポンプなら、人工心肺を使わずとも、心臓を動かしたままにできます」

「オフポンプでも、人工呼吸器は使わなければなりません。身体への負担は同じでしょう」

石津が首を横に振る。

「たとえ再狭窄を起こしたにしても、いったんカテーテルインターベンションで全身状態を改善させてから、手術に持っていく方が安全でしょう」

強く握りしめている。

「石津先生」

青井の手が小さく震えていることに、浅香は驚いた。強く握りしめた指が真っ白になるほど強く握りしめている。

〝青井……〟

「石津先生……僕は……何のためにここに呼ばれたんでしょうか」

青井の声が微かに震えていた。

「僕は、オフポンプでの心臓バイパス手術に自信を持っています。この患者は間違いなく、その適応です。僕に手術させて下さい」

「それはできない」

石津の声は、普段の穏やかさが信じられないほど冷たく響いた。

「青井先生、君の腕を証明するために、患者の命を危険にさらすことはできない」

室内がざわついた。石津も青井もお互いを見ようとしない。石津は自分の指先を見つめ、青井は唇を震わせてうつむいている。明らかに異様な雰囲気だった。

「僕は……」

青井が喘《あえ》ぐように言った。顔色は白いのを通り越して、青ざめている。

「僕は、患者を自分の腕を誇示するために使ったことなど、一度もありません……っ」

いつもよく響く青井の声がかすれている。浅香は彼が泣き出すのではないかと思った。

〝まるで……いじめられてる子供じゃないか……〟

唇がゆがみ、頬が引きつる。浅香と再会した時ですら感情を飲み込んだ青井の、子供じみた表情だった。そこには彼の痛々しい感情がむき出しになっている。

どうしてわかってくれない。どうして認めてくれない……とでも言うように。

「……そうかな」

石津がすっと横を向いた。ふたりの間の空気がぴたりと凍りついた。誰もそこに口を差し挟むことができない。篠川が困ったように視線を泳がせている。

「えーと……」

誰も口を開かないことに耐えられなくなったのか、循環器内科の松本《まつもと》という中堅の医師がおずおずと言った。

「とりあえず、この件はちょっと……棚上げにしませんか。患者の意向も……確認しなければなりませんし」

「……ですね」

篠川が咳払《せきばら》いする。

「もう少し基礎検査をしてから、もう一度検討するということでいかがでしょうか」

「……わかりました」

何かを飲み込む仕草をして、青井がコトンと椅子に座った。

「……では、次の症例を」

石津が姿勢を正した。

「カンファレンスを続けます」

浅香は青井をじっと見ていた。うつむいたまま、もう言葉を発しようとしない彼の肩を、まだ震えの収まらない彼の肩をじっと見つめていた。

「青井……」

それは出会ってから初めて見る、彼の弱々しい姿だった。


夜のラウンジは、大きくとられたガラス窓に自分の姿が映る。青井は、外を見ようと窓に顔を近づけ、鏡に変わった窓ガラスに映る自分の表情に少し驚いたような顔をしていた。きっと、思ったよりも力無い表情をしていたのだろう。浅香はドアを開けたことを少し後悔した。

〝きっと、いちばん見られたくない顔だろうな……〟

「ブラインド下げたら?」

わざとパタンと音を立ててドアを閉じ、浅香は言った。

「外から丸見えだよ」

「……浅香先生……」

振り返った青井が一瞬入ってきた浅香を見つめてから、すっと視線をそらした。

「どこからも見えやしません。見えるとしたら……ほら、ずっと遠くの高層ビル」

すっと細い指が指さす。高台に立っている病院の最上階にある医局からの眺めはなかなかだ。少し雲がかかっているせいで月も星も見えないのが、ちょっと惜しい。

「これで満天の星でも見えたら、ロマンティックなんだけどね」

浅香は軽く青井の肩に手を置いた。しかし、それはすぐにあっけなく叩き落とされる。

「痛いなぁ……」

浅香は笑いながら言った。青井がきっと眉を逆立てる。

「気安く触らないで下さい。僕は人に触られるのがあまり好きではありません」

「おや……」

浅香はくすっと笑った。反応が早い。彼が若い証拠のようなものだ。そして、彼が純粋な証でもある気がした。意地の悪い言い方と思ったが、ひね者はつい続けてしまう。

「……人に触られるのは嫌いでも、自分から触るのはいいわけ？」

「……っ」

ぱっと青井が振り向いた。しかし、彼はすぐにすっと視線をそらした。

「あなたは……僕をからかって楽しんでいるんですか」

「別に」

浅香はしれっと答える。

「君のことをもっと知りたいだけだ。そう……まずは同僚としてね」

「僕は……知られたくない」

青井は頑《かたく》なに視線をそらしたままで言う。

「あなたのことを知りたいとも思わないし、僕のことも、プライベートには触れないでほしいと思っています」

「それは無理だな」

浅香はのんびりと言った。

「君はひどく魅力的だ。医師としての有能さも魅力的だし、まぁ、何より……」

「黙れ……っ」

青井が顔を上げた。黒い瞳が異様なほどぎらぎらとしている。彼は腕を伸ばすと、浅香の胸ぐらを掴み上げた。

「おいおい……」

「あなたはいったい何なんだ。僕をどうしたいんだ……っ」

「それを聞くのかい？」

胸ぐらを掴まれても、浅香は少しも皮肉な笑みを崩さない。この嫌味な性格のおかげで、トラブルには慣れている。むしろ、それを楽しんでしまうタイプだ。

「何をしたいか、ここで言っていいの?」

　すっと彼の腕を摑み、浅香は逆に彼を引き寄せた。大した力ではないが身長がある分だけ、浅香の方が有利だ。

「わ……っ」

「したいことなんて、ひとつに決まってるだろう?」

　声を低めて、滴《したた》るような艶を忍ばせる。慌てて身を引こうとする青井を強く引き寄せ、彼の耳元に囁きを吹き込んだ。

「きれいな君を……思い切り汚してみたい」

　目の前のかじりつきたいような青井の耳たぶが真っ赤になり、次の瞬間、彼は顔色を青ざめさせた。びっくりするような勢いで飛んできた平手打ちを素早く避けて、浅香は軽く彼を突き放す。窓に手をついて、バランスをとり、青井は浅香を睨みつけた。

「今度そんなことを言ったら……」

「石津先生に言いつける?　ねぇ、君と石津先生、どんな関係なの?」

「か、関係なんか……っ」

　彼の反発を許さず、ずいと迫る。

「君に留学を諦めさせたほどの人なのに、どうして、彼は君に冷たいの?」

「別に冷たくなんか……っ」

「あれが冷たくないって言うなら、何なんだろうね」

浅香は一気に彼を責め立てる。

「少なくとも、君は冷たいと感じているだろう?」

「浅香先生」

青井が少し苦しそうに言った。

「石津先生は……僕の恩師です。僕を……今の僕にしてくれた方だと思っています。だから、ここに来いと言って下さった時、すぐに……行くべきだと思いました。先生が呼んで下さるなら……」

「でも、石津先生はどうなのかな」

浅香は乾いた声で追い詰める。窓に軽く手をついて、彼の黒い瞳をのぞき込んだ。そこに映る自分の表情を見ながら。それは可愛い獲物を追い詰める猟犬の顔だ。とても……悪い顔だ。

「君の得意分野を知っていながら、それを無視しようとしている。何のために君を呼んだんだろうね」

「それは……たまたま患者の状態が……」

「青井先生、僕は君のことはまだよく知らないけど、篠川のことはよく知っている」

「篠川先生……?」

突然の名前に、一瞬青井がきょとんとした。おかしな言い方だが、急にひどく幼い顔になる。

あまりの可愛らしさに、浅香は笑いそうになりながら言った。

「あれは僕の親友……っていうのは少し恥ずかしいな。長いつきあいの友人だ。あれの腕も頭もよく知っている。あれが君の発案を支持した。君の心臓バイパス手術をすべきだという発言を支持した。あれがそう言うなら、間違いはないんだろう」

浅香はカンファレンス時からかけていた眼鏡をすいと外し、白衣のポケットに落とした。知的にすぎるルックスが、一瞬色めいたものに変わる。

「青井先生、君は自分の発言を間違ったものだと思っているのかい？　石津先生が否定したから、あっさり引っ込めるのかい？」

「それは……っ」

青井が浅香の肩に手をかけ、押しのけようとした。しかし、その手をゆっくりと握りこんで、浅香は言葉を続ける。

「それが君？　人に否定されれば、あっさり自分の前言を引っ込める。それが君？」

あの学会の席で、時間を延長してでも、議論を続けようとした彼の激しさがなぜ石津の前では表に出てこないのか。彼は唇を噛《か》んで、言葉を飲み込んでしまうのか。

「……あなたにはわからない」

青井が低く言った。

「わかってもらおうとも思わない」

「石津先生にも？」

「うるさい……っ」

目を閉じて彼は低く叫ぶ。彼の感情が大きく揺れている。波が高くなっている。浅香は手を伸ばすと彼の頬に軽く指を掛けた。彼がはっと目を開ける前に、素早く唇を重ねる。

「……っ！」

冷たい唇。あの夜の熱い唇とは全く違う、しかし、その冷たさが逆に愛《いと》しさを感じさせる唇。食い破ろうとするよりも、暖めたくなる唇。可愛くて、仕方がなくて。愛しくて。彼の背中に腕を回して、抱き寄せようとした瞬間、浅香は思いきり突き飛ばされていた。

「おっと……っ」

今度はキスに気をとられていた分、反応が遅れてしまった。テーブルにぶつかるぎりぎりで身体を止めて、浅香は苦笑した。

「やっぱり若いね、青井先生」

「……ふざけるのもいい加減にして下さい……っ」

青井は怒りに震える声で言うと、浅香を押しのけて、ラウンジを出て行った。その細い背中を見送る。ドアがバタンと閉じるのを見て、浅香はくすりと笑い、すぐに真顔に戻った。

「さて……」

窓についているブラインドを閉めて、浅香はゆったりとソファに座った。コーヒーをいれよ

うかと思ったが、どうせ一人だしと考えてやめる。

「いったい、あれはどういうことかな……」

浅香は改めて、さっきのカンファレンスの奇妙な空気を思い出す。

浅香は石津の穏やかな顔しか知らない。人格者として有名で、物静かで穏やかな人柄としか知らなかった石津の硬質で冷たい表情、声、口調。あんな石津は見たことがなかった。青井が若い分だけ感情に流されやすいのは、何となく理解できるが、石津のキャリアから考えて、あの私情に走った個人攻撃としか思えない発言は意外すぎた。

「やっぱり……何かあるのかな……」

無意識のうちに、自分の唇を指先でたどる。

冷たかったキス。あの夜のように貪るようでなく、ただ暖めたくなるキス。

青井は浅香の中の感情を揺り動かす。いつもなら一夜のことで忘れてしまったはずの相手に。いつもなら夜が終わったら、忘れてしまったはずの相手に。その姿を見ればかまいたくなるほど執着してしまう自分が不思議だった。

「そう言えば……」

同じ相手と違うシチュエーションでキスしたのは、いったいいつ以来だったかと、浅香はぼんやり考えていた。

ACT　4

　病棟のナースステーションは、完全なオープンスタイルだ。その奥に患者にムンテラしたり、医師同士のディスカッションを行う小部屋がある。その小部屋で、浅香は患者のカルテを見ていた。医局の自室では電子カルテを参照できないからだ。

「呼吸機能は……と」

　浅香が見ているのは、カンファレンスで問題になった患者のカルテだった。

「ふぅん……ちゃんとやってあるな」

　患者の主治医は青井だった。カンファレンスでもめたので、主治医が石津に代わっているのではないかと思っていたのだが、青井のままだった。青井のカルテは丁寧だった。患者の細かい機微まできちんと記載されていて、予備知識なしで見ても、ちゃんと患者のことがわかるようになっていた。

「問題なし……と。発作もコントロールされてるな」

　浅香は確認したかったことをざっと見ると、今度はパソコンを起動して、いくつかの記事や論文を参照した。

「浅香先生？」

コンコンとノックがあって、看護師が顔を出した。

「あの、指示をいただきたい患者さんがいらっしゃるので、帰りに声かけて下さい」

「あ、いいよ」

確認したいことはすんだ。浅香はすべてを終了させて立ち上がる。

「明日の手術だよね」

身軽に看護師のそばに寄り、浅香はさっと指示を出す。

「じゃあ、これで。前投薬は僕がするから」

「はい、よろしくお願いします」

手を上げてナースステーションを出て行きかけて、ふと浅香は足を止めた。

「ねえ、711号室の患者さんだけど、手術のムンテラいつ？」

「ええと……明後日の午後ですけど」

看護師がホワイトボードを確認して答える。

「明後日か……」

浅香は頭の中で自分のスケジュールを確認すると、うんと頷いた。

「……ちょっと頼みがあるんだけど」

浅香が心臓外科病棟のナースステーションに姿を現したのは、７１１号室の患者のムンテラが始まる十分ほど前だった。

「ありがとう」

自分を呼び出してくれた看護師にそっと礼を言って、浅香はカルテを前にしていた青井に近づいた。

「青井先生」

青井がびっくりしたように振り返る。

「あ、浅香先生」

「石津先生は？」

浅香は少し身をかがめて、青井の耳元で言った。

「ちょっとムンテラの前に、話したいんだけど」

「もうじき見えられると……あ」

そこにちょうど石津が現れた。青井は微妙に視線を外して、軽く頭を下げた。患者への説明であるムンテラには、内科医である石津も同席するのだ。患者はまだ来ていない。

「石津先生」

入ってきた石津に、浅香は軽く頭を下げた。

「ちょっとよろしいですか？」

石津が少し意外そうに浅香を見て言った。

「今は患者さんへのムンテラがあるので。その後ではいけませんか?」

「そのムンテラに関することなので」

浅香は石津の目を見て言った。

「長い話ではありません。五分ほどいただければ」

「……わかりました」

石津はいぶかしげに浅香を見ながら、頷いた。

「では……そちらで」

ナースステーション隅にある小部屋に、石津は浅香を誘った。

「青井先生、ご一緒にお願いします」

浅香は小部屋のドアを開け、振り返りながら言って、青井も手招いた。

「え?」

青井が自分を指さす。

「僕ですか?」

「ええ」

小さなテーブルに電子カルテの端末、椅子が三つ。この部屋がナースステーションごとに二つある。

「これからムンテラになる患者さんなんですが」

浅香は電子カルテを開いた。

「失礼とは思ったんですが、ちょっとのぞかせていただきました」

「浅香先生」

石津がびっくりした声を出している。しかし、浅香は淡々と話を始めた。

「この前のカンファレンスで、手術の是非についての議論がありましたが、石津先生、患者さんに対して、ベストなチョイスは何とお考えですか？」

「それはこの前申し上げたかと思いますが」

石津が静かに答える。

「いえ、身体的な負担がないと考えてです」

浅香はカルテを示した。

「この患者さんの呼吸機能や身体状態、その他の検査結果、すべて見せていただきました。患者さんを診せていただければいちばん確かとは思いますが、とりあえず、データだけでお話しさせていただきます」

石津と青井が何が起こるのかとこちらを見ている。浅香は落ち着いた口調で続けた。

「患者さんの年齢、発症からの経過、今の状態を考えて、私はこの患者さんには、心臓バイパス手術をチョイスすべきと思います」

「浅香先生……」

石津が驚いたようにつぶやくが、浅香は構わず続ける。

「心肺機能も問題ありません。発作もよくコントロールされていますし、麻酔に十分耐えられ、術後にも問題は残らない状態と考えます」

浅香はさらりと言った。

「それから……余計なことだとは思いましたが、青井先生の今までのお仕事も見せていただきました」

彼のこれまでの仕事ぶりを記事や論文で確認し、彼の麻酔をつとめたことのある麻酔科医にも連絡を取った。そのどれもがまさに絶賛だった。

『彼の手技は芸術だよ』

先輩の麻酔科医は一言で言い切った。

『天才という言葉は彼のためにある。彼の指先にはまさに神様が宿っている』

「しかも、青井先生はオフポンプの第一人者でもあるとうかがっています。人工心肺に切り替えずにすむ分だけ、リスクは少なくなります。再発して、再手術することを考えれば、今、オフポンプでの心臓バイパス手術を行うべきと考えます」

浅香はカルテを閉じた。

「私の意見は以上です。石津先生が麻酔に不安を抱かれているようなので、麻酔科医として意見を述べさせていただきました」

「浅香先生……」

　青井が目を大きく見開いていた。

「……青井先生はこのことは」

「いえ」

　石津に水を向けられて、青井は首を横に振った。

「僕はまったく……」

「私が勝手にやったことです。外科医に安心して手術していただけないような麻酔科医と思っていただきたくないので」

　浅香は石津を真っ直ぐに見た。

「いかがでしょう、石津先生」

「……青井先生はいかがお考えですか？」

　石津に問われて、青井は少し考えたようだった。言葉を切り、幾度か頷く仕草をしてから、口を開いた。

「信頼していただけるなら、その信頼を裏切るようなことは絶対にありません」

　黒い強い瞳が浅香を見ていた。

「絶対に」

「……わかりました」

石津が一つため息をついて頷いた。

「患者さんには、カテーテルインターベンションとオフポンプ心臓バイパス手術の両方のムンテラをして、選んでいただくことにしましょう」

そして、石津は立ち上がった。

「青井先生」

「はい」

青井も立ち上がった。石津が真っ直ぐに青井の目を見つめる。

「あなたはとても強い味方をお持ちですね」

「あ、いえ……」

青井はぺこりと頭を下げた。

「石津先生、ありがとうございます」

「お礼を言う相手をお間違えですよ」

石津は淡々と言って、すっと部屋を出て行った。そこには何の表情もなかった。部屋に残された青井と浅香は、お互いに顔を見合わせて、先に視線を外したのは、やはり青井だった。

「……ありがとうございます」

「無理矢理言わせてる感?」

浅香はくすりと笑った。青井は少し不機嫌に黙り込む。

「……あなたはいつもそうですね」

「何が？」

「……皮肉っぽくて、何だか素直に厚意を受け取れない」

部屋を出て行こうとする青井の腕を軽く摑んで、浅香は引き戻した。

「僕がただの厚意でやってると思う？」

「他に何があるんですか」

「うん、下心とか」

ぎょっとした表情をして、青井は浅香を見た。しかし、その表情に漂う、またも皮肉な笑みに、青井は摑まれた腕を振り払った。

「……失礼します」

バタンと叩きつけるようにドアを閉めて、青井は小部屋を出て行った。


石津と青井が並んだムンテラの結果、患者が選択したのは、オフポンプでの心臓バイパス手術だった。その手術は今日行われ、ついさっき終わったところだ。

「まぁ……根治術と考えていいからねぇ」

勝手に浅香の医局でコーヒーをいれながら、篠川が言った。

「石津先生も、カテーテルインターベンションの安全性ばかりを並べたりはしなかったんだろう?」

「そこはね、先生も大人だから」

手術の麻酔を終えたばかりの浅香は、ぱたぱたと術衣の胸を扇《あお》ぎながら言った。手術が無事終わり、患者は病室に戻されていた。麻酔の仕事は術前と術中がほとんどだ。覚醒に入ってしまえば、仕事は終わりとなる。

「彼のオフポンプでの心臓バイパス手術、初めて見せてもらったけど……確かにあれはすごいな」

コーヒーに氷を入れながら、浅香は言った。手術を上がったばかりは喉《のど》が渇《かわ》く。コーヒーの熱いのもおいしいが、今はがぶ飲みしたい気分だ。

「石津先生は、彼のあの腕を知っていて、ここに引っ張ったんだよな?」

「そりゃそうだろうさ」

篠川が当たり前と頷いた。

「付き合いは長い。知らないはずがないっしょ。それでなくても、彼はテクニシャンで有名なんだよ。それ目当てに引っ張ったに決まってるじゃん」

「だから、そこだよ」

浅香は眼鏡を外して、ぽんとデスクの上に投げた。

「あのカンファレンスのままだったら、今日の手術はなかった。まぁ、いずれはやることになっただろうけど、少なくとも今日の患者は手術の対象にならなかった。これ、どういうことかわかるか？」

浅香の問いに、篠川は少し首を傾《かし》げて言った。

「言い方悪いかも知れないけど……一人救えなかったってこと？」

「大げさだけどね。でも、再発の危険性があったりとか……そういうことはあったよな。少なくとも、患者の状態から考えて、自信を持ってお帰しできるところまでは持って行けなかった……と思うね」

浅香は考えながら言った。

「……あの腕をどうして石津先生は使おうとしないんだろう。ここに引っ張っておきながら、どうして彼の力を生かそうとしないんだろう……」

石津は言った。

『君の腕を証明するために、患者の命を危険にさらすことはできない』

あれはどういう意味だったのだろう。

〝彼は〟

患者の命をないがしろにしたことがあるのだろうか。患者の命を手玉にとったことがあるのだろうか。あの、こっちがたじろぐほど真っ直ぐな瞳をした彼が。

「……あり得ない」

「あ?」

思わずつぶやいた浅香に、篠川が首を傾げる。

「何が?」

「いや」

浅香は首を振った。

「……何でもない」

あり得ない。天地がひっくり返ってもあり得ない。正直で素直で、すべてが表情に表れてしまう彼が、何食わぬ顔をして、患者の命をもてあそぶなど。

〝俺が貞淑《ていしゅく》になるくらい、あり得ない〟

では、なぜ。

いくら考えてもわからない問題を抱えて、浅香はただぬるくなったコーヒーを飲んでいた。


篠川が帰ってすぐ、医局で着替え、浅香は部屋を出た。時計は八時を回っている。

「とっとと帰らないと救急に捕まる……」

鍵を掛け、歩き出そうとした時だった。

「……お疲れ様」

言葉の内容とは裏腹に、驚くほど平坦で冷たい声が廊下の先から聞こえた。医局内の廊下は非常灯だけになっていて薄暗い。浅香はとっさにドアに張り付くようにして、気配を消す。

「お疲れ様です」

青井だった。やはり医局から出てきたところらしい。さっきの声は石津だ。医局と石津のいる院長室は向かい合っている。お互いに部屋を出たところで顔が合ったのだろう。

「今日はお疲れ様でした」

また平坦な声がした。見えた横顔は石津である。表情がない。

「……ありがとうございます」

ぺこりと青井が頭を下げた。

「礼を言われることではありません。私はあなたの手術に今でも賛同はしていません」

「先生……」

厳しすぎる言葉だった。浅香は耳を疑う。

〝おいおい……〟

「……しかし、患者さんがそれを求められるなら、最高レベルで提供すべきでしょう。あなたは当たり前のことをしているだけです。そのために来てもらったのですから」

〝うわぁ……〟

「はい……」

石津は固い靴音を残して、去って行った。浅香には気づかなかったようだ。浅香は立ち尽くしたままの青井にそっと近づいた。

「青井先生」

はっとして、青井が振り返る。

「浅香先生……いらしたんですか……」

「ええ。帰ろうと思って」

浅香は落ち着いた声で言った。

「青井先生、仕事は？」

「あ、ああ……終わっていますけど」

青井はいつものように視線を外しながら答えた。

「お疲れ様でした」

頭を下げ、さっと医局の中に入ろうとする青井の肩に、浅香は軽く手をかけた。

「青井先生、よかったら今度こそ飲みにでも行きませんか？」

「は？」

ドアに手をかけて、青井は振り向いた。

「……誰と？」

「俺とですが？」

青井が黙り込んだ。浅香はふっと笑う。

「それとも……またセックスしちゃいそうで怖い？」

いきなり落とした爆弾だった。青井が真っ青になる。

「浅香先生……っ」

「覚えていないとは言わせない」

ふっと唇をゆがめて、浅香は言った。

「覚えているから、君は僕を避けたがる。君には……記憶がある。なかったのは……」

耳元に唇を寄せる。

「理性かな」

「……脅迫《きょうはく》する気ですか」

青井は黒い瞳をぎらつかせて、浅香を見た。

「そうだね。君があのことを誰にも知られたくないというなら、立派な脅迫になるかな」

浅香は腕を組んで、壁により掛かった。遅い時間ではないが、運良く医局に他の医師たちの姿はない。ラウンジの明かりも消えていて、廊下は薄暗く、お互いの表情も完全には見えない。

「青井先生はお酒に飲まれるタイプなんだね」

浅香はゆっくりと言った。

「お酒で抑制が外れる。生身の君が現れる」

「そんなことは……っ」

「あの夜の君は、今の君とはまるで違っていた。表情も声も……言葉も。だから、あの時、すぐに君とはわからなかったよ。だから、あんなことをする気にもなった」

「浅香先生……っ」

浅香は軽く唇に指を当てた。

「……声が大きいよ」

誰が来るのかわからない夜の医局。浅香は密《ひそ》やかに囁く。

「ねぇ、セックスには人の本当の部分が現れると思わないか？　包み隠さない本能のレベルで、すべてがあらわになる」

「……知りません……っ」

「本当の君は寂しがりで甘えたがりで……ぬくもりをほしがっている。一人でいることが嫌いで……暖められたいと思っている」

「そんなことは……ない……っ」

青井は大きく首を振った。

「僕は……寂しくなんかない。寂しいなんて、思っている暇はない」

「石津先生に冷たくされても、寂しくはない？」

　ゆっくりと言う。

「君の本当の姿を知ったら……石津先生はもっと冷たくなるかも知れないね。理性も知性もない、本能だけの君。いや……彼に冷たくされるから、君は寂しいの？」

「石津先生は……っ」

　浅香は冷たいほど静かな声で言った。

「彼の君を見る目の冷たさはどうして？　君をここに呼んでおきながら、君の腕を信じようとしない。ねぇ、君はその理由を知っているの？」

「浅香先生」

　青井は唇を強く噛みしめていた。

「石津先生は……僕の学生の頃を知っているから……僕が何もできなかった頃を知っているから……っ」

「そうやって、君は自分をごまかしている。今にも泣き出しそうな顔をしながら……ね」

　言葉に刃があるなら、きっと今の青井は傷だらけだ。しかし、浅香は手を緩めようとしなかった。獲物をいたぶる悪い癖が出ている。今の自分はひどく悪い顔をしているに違いない。

「……今、酒を飲んだら、またあの夜の君に会えるかな。僕の体温をほしがる、あの夜の君に」

ぱんっと乾いた音がした。浅香の頬に痛みが走り、唇がぴりりと痛む。

「ってぇ……」

思い切りの張り手を食らった。

「それ以上、聞きたくない」

青井は唇を震わせて言った。

「……失礼します……っ」

部屋に鍵を掛けるのも忘れて、青井は走り去っていった。高く靴音が響く。もどかしげに医局のガラスドアを開ける音がして、そして、すぐにしんと静まりかえった。

「……ってぇ……」

優秀な外科医のパワーはなかなかだ。唇が切れたらしく、ひりひりと痛む。

「……図星か」

青井は傷ついている。石津の冷たい言葉と視線に傷ついて、でも、彼から離れることもできずにいる。青井ほどの実力があれば、どこからでも引っ張りだこなのに、彼は冷遇にも唇を噛みしめて耐えながら、ここにいる。

「彼と……石津先生は……」

何かがもつれ合っている。解《ほど》くこともできないほど、ぐちゃぐちゃに絡まり合い、もつれ合って、感情はねじ曲がる。

「そして、人間関係もか」

浅香はポケットから携帯電話を取りだした。質実剛健、丈夫がいちばんの携帯電話を開き、登録してある番号を呼び出す。

「……ああ、暇だったら、飲まない？」


磨き上げられたカウンターに並べられているのは、甘いマンゴーとチョコレート。グラスにはストレートのシングルモルトウイスキー。チェイサーを一口飲んで、ウイスキーグラスを手にしたところで、隣のスツールに長身が滑り込んできた。

「お待たせ」

甘いトワレの香りは、浅香の親友である篠川だ。

「珍しい。浅香から呼び出しなんて」

「別口と飲むつもりだったんだけど振られた」

「それはそれは」

篠川はくすくすと笑い、モヒートをオーダーした。

「別口って、もしかして、青井先生かな？」

浅香のいいところも悪いところも知り尽くしている親友は、さらりと見破った。浅香は苦笑して頷く。

「あたり。……いて……っ」

アルコールが傷に浸《し》みた。いい消毒になるかと医師らしくもない考えが浮かぶ。

「おや、名誉の負傷？」

めざとい篠川の指摘に、浅香は肩をすくめる。

「むしろ、不名誉。飲みに誘ったら、ひっぱたかれた」

「プチ修羅場。らしくないね」

「ないねー」

二人はしばらくの間、無言で飲み続けた。浅香の飲んでいるシングルモルトはアイラのものだ。独特のヨードと潮の香りがつんと鼻に抜ける。少し含まれた潮の味に、甘いチョコレートが合う。

「……春に札幌で学会あったじゃない」

浅香は言った。

「お前、行ってたっけ？」

「行ってない。まだ鹿児島にいたもん。遠すぎ」

篠川がのんびり答えた。

「確かに」

アイラモルトを飲み始めると、他のウイスキーはなかなか飲めなくなる。複雑で癖が強いものに慣れてしまうからだ。

人間関係も同じだ。強烈な物に慣れてしまうと、のんびりとした穏やかな関係が物足りなくなる。

浅香が青井に惹《ひ》かれるのも、もしかしたら、それかも知れないと思う。ひどく複雑な内面を持つ彼に、浅香は惹かれるものを感じている。彼を知りたいと思う。彼の中に巣喰っているもつれたものを解きほぐしたいと思う。

「……俺、行ってたんだよね」

「畑違いじゃない」

「ランチしながらのセミナー頼まれてね。まだ大学で遊んでたし」

二杯目のアイラの琥珀《こはく》色が美しい。深い色合いは十二年ものだ。

「そこで、青井先生に会った」

浅香はグラスを揺らしながら言った。篠川がおっとりと頷く。

「ああ、行ってただろうね。どっかのセッションに発表者で出てたんじゃない？」

「他のセッションにも行っていたようだよ。熱心だった」

そのセッションの時間が押してしまうほど、熱心に議論していた。自分に誰もついてこられないことに苛立つように。

「……その日の夜、彼にまた会った」

浅香はぽつりと言った。

「はい？」

篠川が片眉を上げる。浅香はさらに続けた。

「で、朝まで一緒だった」

「は？　えーと……」

篠川がモヒートを二口ほど飲んだ。ミントの入ったチョコレートをつまむ。

「朝までって……お前と？」

「ご想像の通りの場所で」

浅香はさらりと言った。篠川がびっくりした顔をしている。

「……寝たのか？」

「そりゃもう、情熱的に」

篠川は軟派な見た目と言動に反して、意外に口は固い男だ。言っていいことと悪いことをきちんとわかっている。だからこそ、彼は人に信用がある。浅香も彼のことは学生時代からよく知っているし、また信頼している。彼には何を言っても大丈夫なのだ。

「……驚いた」

正直な感想だ。

「あの清廉潔白な聖人君子がね……」

「セックスはノーマルだけど、ちゃんと楽しむタイプ。いい夜だったよ」

「……あり得ねぇ……」

チョコレートを落としそうになりながら、篠川が頭を抱える。

「お前が見境ないのは知ってるよ。行きずりでも何でも、基本はワンナイトだからな……。でも、青井先生はそんなタイプじゃないだろ」

「まぁ……ね」

この男にごまかしはきかない。浅香は幾度か頷いた。

「でも、寝たのはほんと。まぁ……かなり飲んでたから、どこからどこまで記憶があるのかは定かじゃないけどね」

篠川は確認するように言った。

「少なくとも、お前と認識して、ベッドインしたわけじゃないんだろ？」

「そりゃね。俺は彼と違って、誰からも顔を知られている……なんていう立場じゃないから」

そう、あれは偶然だった。自分も彼と知らず、彼も自分と知らない。完全な行きずりで、二人は出会い、ふれあい、抱き合った。

「ということは……もしかして、お前って、彼にとって爆弾じゃないの？」

篠川が鋭いところを見せる。

「なるほど……青井先生がどっかお前を苦手にしてたのって、それが原因か」

「さっきはひっぱたかれたよ」

浅香はにっと笑った。唇がまたひりひりする。

「なかなかいいリストで」

「絡むなよ」

篠川が気の毒そうに言う。

「お前みたいな鬼畜と寝ちまったのが、彼の不幸だな」

「まったく……まるで逆上したネコみたいだよ。いきなり爪だ」

「しかし……珍しい」

二杯目のモヒートを頼んで、篠川が言った。

「ヤリ捨て上等、追いかけられても逃げ出すタイプのお前が、ひっぱたかれるほど絡んでいくって、どういう風の吹き回しだよ」

「さぁね」

アイラを飲み終えて、次は何にしようかとボトルを見ながら、浅香は片頬で笑った。

「……好きなのかもよ」

「冗談」

「冗談言ってるつもりはないよ」

スプリングバンクにしようとつぶやいて、浅香は最後のチョコレートをつまんだ。

「もしかしたら……本気なのかも……ね」

ACT 5

北関東ハートセンターで、オフポンプ心臓バイパス手術が行われたことは、あっという間に近隣に広まったらしい。手術が成功した患者は最高の宣伝材料になる。本人は経験を周囲に話すし、紹介元もそうした方法があることを知り、また患者を紹介してくる。わずか三ヶ月ほどで、オフポンプ心臓バイパス手術の症例は一気に増えた。こちらから提案する形ではなく、最初から患者や紹介元が希望してくるのだ。

「いくら石津先生が拒否感を抱いていても、患者が希望しているんだから、どうにもなりませんよね」

心臓外科の若手医師である佐々木《ささき》がこそりと言った。手術前の更衣室だ。

「どうにもならないって、すごい言い方だな」

篠川が苦笑する。あのカンファレンスでの熾烈《しれつ》なやりとりは、若い医師に強烈な印象を与えたらしい。

「石津先生は内科の先生だからね。どうしても、内科寄りの考え方になるのかも知れない」

篠川はのんびりと言った。

「でも、今はちゃんと認めてるじゃない。もともと、青井先生をここに呼んだのも先生なんだし」

「麻酔導入するよ」

ぱたんとドアが開いて、浅香が顔を出した。

「ちんたらしてないで、とっとと支度しろよ。青井先生はとっくに手洗いに入ってるよ」

「はいはい」

外来を終えてから、オペ室に上がってきた篠川と佐々木は、もともと準備が出遅れている。浅香にせき立てられて、二人は慌てて更衣室を出た。


手術室は静かだった。響くのは呼吸器の音とカチャカチャと器具の触れあう音。時々聞こえる執刀医である青井の指示を与える声。手術は淡々と続いている。

「グラフト採取終了……心膜切開に入る」

青井の声は静かだがよく響く。

「……糸……」

「はい」

心臓後面にかける糸が要求され、差し出された手袋に包まれた青井の手に、糸が渡される。ここにテープを通し、ネラトンカテーテルのタニケットで締める。こうして心臓を保持し、冠動脈の剝離《はくり》とバイパス形成に入る。

「……スタビライザー装着します」

青井の手技はてきぱきとしていて、見ていて気持ちがいいほどだ。

「ブルドック鉗子《かんし》……」

「……待って下さい」

麻酔管理をしていた浅香はふと肌寒さに気づいた。はっとして患者の腕を見るとすうっと鳥肌が立っている。顔色も青ざめ、唇の色に赤みがない。

「体温が」

浅香の声で、青井の手が止まった。

「……体温低下。エアコン下げた？」

「あ、はい……」

外回りの医師が頷いた。

「青井先生の汗が気になったので」

「僕のことはどうでもいい」

青井が強い口調で言った。

「エアコン上げて。ホットラインの温度は……」

その時、患者につけていたモニターが警戒音を発した。浅香ははっとして、モニターを確認する。

「心室細動……っ」

今日の患者は体格がよかった。皮下脂肪も体内脂肪も多く、動脈グラフトの採取にいつもより時間がかかっていた。そのため、患者の体温が下がりやすくなっていたのだ。エアコンが強くなったこともあり、なお体温は降下し、浅香が確認した体温は三十五度近くまで下がっていた。体温が下がれば、ちょっとした刺激で心室細動を起こしやすくなる。

「……心停止……っ」

看護師が声を上げた。

「青井先生」

青井がぱっとモニターを見た。滅菌された手袋を外そうとしている。

「モニターフラット。蘇生《そせい》開始……」

その時、浅香が静かな落ち着いた声で言った。

「青井先生、手はそのままで」

「浅香先生……」

「蘇生開始。点滴早めて。ホットラインの温度も上げて下さい」

浅香はすぐに蘇生を開始した。

「離れて」

除細動器を引き寄せて、落ち着いた動きでモニターをチェックし、心室細動を解除にかかる。

「……ＯＫ」

一度の除細動で、モニターの輝きが戻った。フラットだった光のラインが規則正しい拍動に戻る。

「心拍正常。血圧安定」

手術室の空気が弛《ゆる》んだ。除細動処置のために下がっていた外科医たちが手術台に戻ってくる。

「……手術を続行します」

ちらりと浅香に視線を送ってから、青井は言った。

「ブルドック鉗子……冠動脈血流遮断……」

わずか数分の出来事だった。


ラウンジのコーヒーマシンは、意外に使う人間が少ないことに、浅香は最近気づいた。

「なるほど、インスタントの方が簡単だもんな」

ラウンジには、一通りの飲み物が揃っている。最初はなかったはずなのだが、いつの間にかインスタントコーヒーが現れ、順調に減っている。

「こっちの方がうまいのにねぇ……」

意外とコーヒーマシンも手間のかからないものなのだが、使い慣れないとそうはいかないのだろう。出来上がったコーヒーを手に、浅香は外を見た。すでに夏は過ぎ、緑が眩《まぶ》しかった銀《い》杏《ちょう》並木も黄金色に輝いている。ひんやりとした風が吹くたびに、金色の雨が降るようだ。

彼と初めて出会った札幌の町はもう冬の初めだろうか。あの時は春、大通公園の銀杏は緑に息づいて風に揺れていた。

「おっと……」

ＰＨＳがポケットで鳴った。慌ててコーヒーを置き、浅香は電話を取る。

「はい、浅香」

『佐々木です。先生、お手すきですか』

こっそりと低めた声だった。

「暇だけど？　どうしたの？」

『すぐに七階病棟に来て下さい』

「え？」

『石津先生と青井先生が……』

浅香はすぐ電話を切ると、ラウンジを飛び出した。残されたコーヒーがゆっくりと湯気を上げている。

浅香がナースステーションに入ると、すぐに佐々木が手招きしてきた。

「浅香先生、こっちです」

ムンテラを行う小部屋のすぐそばだ。

「この中です」

看護師たちもこっちを見ながら、小さな声で囁き合っている。浅香は佐々木を壁際に引っ張った。

「どうしたの」

「青井先生が……患者の様子を見に来られた石津先生に、例の……心停止の件をお話しになって」

「別に問題はないだろう？　一回の除細動で蘇生はできたし、手術もほぼ時間通りに終了してる」

浅香は少し笑って言った。

「問題があるなら、僕から説明するよ。てか、何で石津先生に？」

「元は石津先生の患者さんだったんです。本人の強い希望で、心臓外科転科になった患者さんで」

「……わかった」

石津の今までの言動から言って、この中で何が起こっているかは想像できた。浅香は少し迷ってから、強めに部屋をノックした。気密性は意外によく、中の話し声は全く聞こえてこない。ノックに対する返事はなかった。浅香はもう一度ノックしてから、ドアを開けた。

「石津先生、浅香です」

「浅香先生、今ちょっと青井先生とお話をしているところで」

石津の落ち着いた声がした。

「後にしていただけますか」

「たぶん、そのお話に関係あることだと思います」

浅香は同じくらい落ち着いた声で言った。

「失礼します」

中に入ると、椅子に座っている青井が見えた。その白い顔に表情はなく、唇を固く結んでうつむいている。

「青井先生」

浅香は静かに呼びかけた。

「どうして、僕を呼んで下さらなかったんですか？」

「……浅香先生には関係のないことですから」

「そうでもないと思いますけど」

浅香は少し笑った。浅香の笑顔は一種の武器だ。整った顔立ちでにっこり微笑むと、構えていた相手も一瞬毒を抜かれる。穏やかで優しい笑顔は、攻撃を回避する最高の盾となる。

「石津先生、昨日の手術の件ですね？」

「……誰かからご注進が行きましたか？」

石津が苦笑した。

「看護師ですか？」

「ナースステーションで内緒話は難しいですね」

浅香は穏やかに笑った。

「確かめさせていただきますが、昨日の手術中に起きた心停止の件ですね？」

「……ええ」

青井が何も言わないので、石津が代わりに頷いた。

「昨日の手術中、心室細動が起きて、心停止に陥《おちい》ったとうかがいました。ですからその時、青井先生はどうしたかと聞いていたんです」

「石津先生」

浅香は石津に向かう。

「手術中の患者の管理は麻酔の仕事です」

「しかし、手術の方向性についての決定は執刀医の仕事です」

石津は表情を引き締めた。

「患者はオフポンプ術中の心停止を起こした。これは重大なことです」

「もちろん」

浅香は頷いた。石津が続ける。

「手術の中止やオンポンプへの移行は考えられなかったのでしょうか」

「グラフトの採取を終えていましたから、中止は考えられなかったと思います」

浅香はちらりと青井を見た。青井が頷く。

「それでは、オンポンプへの移行は」

「それも無理でしょう。時間がかかりすぎる」

浅香は言いながらも、恐らく、青井も同じことを言っただろうなと思った。

「石津先生……」

「私が言いたいのは、青井先生が患者の命を助けることを最優先に考えていたかということです。オペに入った看護師の話では、青井先生は患者の救命措置に加わっていなかったそうですね」

「……そうです」

青井が力なく頷いた。

「否定はしません。僕は手を下ろさなかった」

手を下ろすとは、滅菌した手袋をした術者が手袋を外したり、清潔区域ではない場所に触ることを言う。救命措置をとるとしたら、除細動器など、消毒されていない場所に触らなければならない。

「青井先生」

浅香は首を横に振った。

「物事は正しく言わなければならない。一人で罪悪感を背負い込んで、何になるんですか」

浅香は電子カルテを起動し、手術記録のページを表示させた。

「ここをお読みいただけますか。私の記録です」

麻酔記録を示す。そこには、浅香が蘇生処置をとり、数分で患者が元の安定した状態を取り戻したことが書かれていた。

「術中の患者の状態に関する責任は、私にあります。あの患者が低体温になっていたのに気づかなかったのは、私の責任です。低体温は過刺激性を招き、患者は心室細動に陥った。責任は私にあります」

「患者に対する責任は執刀医にもあります」

青井がかすれた声で言った。

「石津先生のおっしゃる通りです。僕は……」

「あの時、いちばん正しい行動は何だったか」

浅香はゆっくりと言った。

「患者を一刻も早く蘇生し、遅滞なく手術に戻ることです。だから、私が蘇生に入り、青井先生には手を下ろさないようお願いしました。私一人で蘇生できると思いましたし、蘇生したら、すぐに手術に戻っていただかなければならない。手洗いを一からやり直している暇はありません」

「それは結果論です」

石津が内科医らしい粘り強さで言う。

「事実、事故は起きました。患者が低体温になったのは、グラフトの採取に時間がかかったからではありませんか？　患者は肥満気味だった。グラフトの採取が困難だったのでは？」

「……おっしゃる通りです」

青井は唇を噛んでから、低く絞り出すように言った。

「確かに……僕の予想よりもグラフトの採取には時間がかかりました。筋層を切り開くのに力がいって……時間がかかりました」

「青井先生……」

青井は静かに立ち上がった。

「患者さんの手術が無事終わったのは、浅香先生のおかげです。浅香先生がいて下さらなかったら……うまくいかなかったかも知れない」

青井が頭を下げる。

「手術がうまくいって、当たり前だと思っていたかも知れません。僕の……驕《おご》りが招いた結果と思い、以後気をつけます」

ぱたんとドアを閉じ、青井は部屋を出て行った。その背中が、浅香にはずいぶんと小さく見えた。


外をよく見通せるラウンジのソファ。白いソファに身体を埋めて、青井ははらはらと降る銀杏を見下ろして、ぼんやりと座っていた。その手元にコトリとコーヒーを置いて、浅香は彼の座っているソファの背に腰を掛けた。

「君らしくない」

コーヒーを飲みながら、浅香は言った。

「学会の議論で、目をぎらぎらさせながらケンカを売る君らしくもない」

「ケンカなんか売ってません」

青井が言った。

「あなたはあそこにいたんですね」

「舞台裏にね。あの時、初めて君の声を聞いた」

この豆は少し苦みが強いなと思った。

「言葉の一つ一つに生命力が溢《あふ》れていた。君はとても強いと思った」

「……僕は強くはありません」

青井が言う。

「ただ、強くありたいと思っているだけです」

「力だけが強さじゃないさ」

さらさらと銀杏が散る。風が吹かなくても、散る時を知っている葉は枝を離れる。

「……言いたくありませんが」

青井もコーヒーをすする。

「さっきは……ありがとうございました」

ぶっきらぼうに、彼は言った。

「いつもは……あなたの何もかもわかっているような口調が大嫌いですが、さっきはそれが頼もしく聞こえました」

「もう少し言い様はないのかな」

浅香はくすりと笑った。

「でもまぁ……君らしいか」

二人は静かにコーヒーを飲む。少しずつ黄昏の色が濃くなって、金色の銀杏が蜂蜜色に染まり始めていた。空には気の早い星が輝いている。

「どうして、石津先生に報告したの？」

浅香はぽつりと言った。

「心停止の件ですか？」

青井が応じる。

「そう」

浅香はすっと振り向いた。

「手術は無事に終わったんだから……言わなくてもよかったんじゃないの？」

「嘘は嫌いです」

青井はきっぱりとした口調で言った。

「あの患者は石津先生の患者です。これからのフォローを考えれば、隠すべきことではありません」

「正直だね。いや……過ぎるかな」

お代わりは？　と尋ねる浅香に、青井は素直に頷いた。

「さっきの話だけど」

コーヒーマシンのスイッチを入れながら、浅香は言った。

「さっきの……？」

「患者に対する責任のありどころって話だよ」

「ああ、ええ……」

「別に、君だけをかばったわけじゃない」

浅香はカップをコーヒーマシンの下に置く。

「確かに、総合的な意味での患者に対する責任は術者にあるかも知れない。さらに言えば、主治医にある。手術を決定し、患者を渡すのも主治医だからね。だから、責任の一端は君に患者を渡した石津先生にもある。それがわかっていたから、石津先生はあれほど苛立ったんだろうとは思う」

「……医師としての意識はとても高い方ですから」

青井は静かに言った。浅香は肩をすくめる。

「君だって」

彼の真っ直ぐすぎるほどの意思は、もしかしたら、あの人に教え込まれたものかも知れないと思った。

〝何だか……少し……つらいかな〟

胸がきゅっと詰まるような思いがして、浅香は自分の心の動きにはっとした。

〝これは……何だ？〟

しかし、内心の動揺を抑えて、浅香はゆっくりと言う。

「でも、手術中の患者の命は、君と共に僕も担っている。君たちが内臓を見ている間に、患者の全身を見ているのは麻酔科医だからね」

浅香はコーヒーを青井の元に運んだ。

「君の仕事が患者のこれからの命を救うことなら、僕の仕事は手術の間の患者の命を繋《つな》ぐことと、安心して外科医に手術をしてもらうこと。つまり、外科医に手を下ろさせて、蘇生なんかやらせたら、それは麻酔科医の恥でしかない」

浅香は何かを振り切るように、さらりと言い切った。すっと視線を上げて、青井を見る。

「え……」

青井が目を見開く。

「少なくとも、僕はそう思ってる」

浅香の手がすっと伸びた。カップで温められた指が、青井の頬に軽く触れる。柔らかい肌だと思った。完璧なラインを描く頬を手の甲で軽く撫でる。

「今まで」

青井は浅香の手に頬をすり寄せるように、少し顔を傾けてから、はっとしたように目を瞬いた。飛び離れるようにして、浅香から離れる。

「青井先生？」

「今まで、そんなことを言ってくれた人は……いなかった」

少しずつ後ずさりしながら、青井は言った。耳元が少し赤い。

「……失礼します……っ」

それでも、ドアのところで頭を下げ、青井は去って行った。

ACT 6

「えっと……」

北関東ハートセンターが再びマスコミに占領される日がやってきた。外来休診日にも関わらず、正面玄関まわりにはびっくりするくらいのマスコミが詰めかけている。

吹き抜けの二階部分に立って、浅香は下を見下ろしていた。

「みんな、暇なのかな?」

「これをわざわざ見に来ている俺たちの方が暇だと思うけど」

篠川がのんびりと言った。くるりと振り返ると、他にものぞきに来ている医師や看護師、パラメディカルスタッフを見た。

「ね?」

「こういうことのために、ここの正面玄関とエントランスホール、広く作ってあるって知ってました?」

若手医師の佐々木が後ろから言った。

「搬入口もありますけど、こっちからも大きな機器を搬入できるように作ってある……」

大きなトラックが正面玄関前に横付けになり、ばらばらに分解してある機器を搬入している。

手術支援ロボット『ダ・ヴィンチ』の搬入である。

「もちろん最新型。日本ではまだ三台目」

佐々木はなかなか情報通だ。

「これで名実共に、ここは日本における心臓手術の聖地になりますね」


手術支援ロボット『ダ・ヴィンチ』は、見た目はとてもロボットとは思えない姿をしている。巨大な鉄のかたまりから、手術台に覆い被さるように三本のアームが突き出していて、そのアームと内視鏡カメラを離れた場所にあるコンソールに座ったオペレーターが遠隔操作する。オペレーターは3Dモニターを見ながら、ロボットアームとカメラを操作して、手術を行う。ロボットアームは人間の手では不可能な動きをこなして、術者を支援する。

「へぇ……初めてじっくり見た」

浅香は珍しそうにアームをのぞき込み、コンソールをのぞいた。

「そうなんですか？」

ロボットを納品に来た業者と話していた青井が戻ってきた。ダ・ヴィンチはいちばん広い手術室に据《す》え付けられていた。

「入るとは聞いていたけど、本当だったんだな」

「もう少し遅いと思っていました」

青井はいかにも愛しそうにコンソールを撫でている。彼にとっては懐《なつ》かしいものなのだろう。浅香から見ると、まるでゲームセンターにあるゲーム機のように見える。とても医療器具には見えない。

「一年はかかると思っていましたから」

「もしかして、もともとそういう約束だった？」

青井は浅香の腕を軽く摑むと、手術室の隅に引っ張っていった。室内には、いつもからは考えられないほどの人数がいたが、みな始まったダ・ヴィンチのデモに夢中で、青井と浅香の動きには気づかない。

「僕は……聞いていました」

青井は密やかな声で言った。

「ここからオファーを受けた時、理事会に呼び出されて、ダ・ヴィンチの導入計画があることを聞きました」

浅香はなるほどと頷いた。

「それで君はここに来たのか。留学を棒に振って」

「そうですね。否定はしません」

浅香は目で石津を探した。マスコミも入っているこの場に、彼がいないはずがなかった。室内を見回すと、いつもの穏やかな顔で取材を受けている彼がいた。

「……石津先生はこのことを知っていたのかな」

「知っていらしたと思います」

青井は軽いため息をついて言った。

「ただ、僕にはそのことを一言もおっしゃいませんでしたが」

「え？」

青井はじっと石津を見つめていた。浅香はそんな青井を見つめる。青井の黒い瞳は一途《いちず》なまでに、石津を見つめている。石津は気づかない。いや、気づかないふりをしているのか。淡々と穏やかに、マスコミの取材に答えている。一瞬、すべての音が消えた。浅香の目には、青井と石津しか見えなくなった。二人はいったいどういう関係なのだろう。どこか感情のねじれを思わせる二人の関係。

「青井先生」

浅香は低い声で囁いた。

「聞いたら、答えてくれる？」

「何をですか？」

視線を石津に向けたまま、青井は答えた。どこか上の空だ。

〝今なら、答えてくれる？〟

「君と石津先生は、いったいどういう関係なの？」

「……関係なんて、ありません」

少し落胆したような、疲れた声だった。

「何もありません」

浅香は軽く青井の肩に手を置いた。

「そうかな。僕にはそう見えないけど。恩師と言うには、石津先生の君への当たり方は普通じゃないし、君も彼に向かう時はいつもの君じゃない」

「浅香先生」

青井が怠そうに顔を上げた。肩の上にある浅香の手をそっと外す。

「先生はどうして、何もかもわかったようなことをおっしゃるんですか？」

彼は何かに倦《う》んでいるような顔をしていた。誰の前でも有能な外科医の仮面を崩さない彼らしくない顔。浅香は唇の端を引き上げる。

「わかってるからね。たいていのことは」

誰もこちらなど見ていない。浅香はすっと青井の耳元に顔を近づけた。

「わかんないのは、君の本当の心の中くらいかな」

「そんなの、知る必要はないでしょう」

青井はため息混じりに言った。

「そんなの……誰も知らなくていいんだ」

「そう？　僕は知りたいけどね」

すっと手を伸ばして、今度は彼の手首を軽く摑む。ほっそりとして華奢《きゃしゃ》な感じすらする手だ。指は長い。すらりとした外科医向きの器用そうな手。

「この世の中に、僕の知らないことがあるのは許せない」

手のひらに指を滑らせる。びくんと青井の手が反射的に握りしめられる。浅香の手を握ってしまって、青井は慌ててその手を離した。手の甲を軽く叩かれるような形になって、浅香は少し痛い顔をした。

「……ひどいなぁ」

「ひどいのはあなたです」

「あ、青井先生」

ちょうどそこに、マスコミの一人が近づいてきた。浅香はすっと身を引き、知らない顔をして、すうっとその場を離れた。

「青井真希先生ですよね」

「はい」

青井がちょっと顔を伏せた。そして、すっと上げる。そこにあったのは、いつものように勝ち気で黒い瞳を輝かせている、敏腕外科医の顔だった。

〝やれやれ……〟

捕まえようとするとするりと逃げてしまう。手を伸ばせば、叩き落とす。

〝君より、うちのネコの方がよっぽど扱いやすいよ〟

ふうっとため息をついて、そして、浅香は少し笑った。

でも、爪を立てられるほど、可愛いものなんだよ。

その患者が北関東ハートセンターに現れたのは、冬に足を一歩踏み入れた日の朝だった。

「すっかり寒くなったなぁ」

コーヒーに砂糖とミルクをたっぷり入れて、篠川がのほほんと言った。

「……お前、そんなに甘いもの、よく飲めるな……」

浅香は気味悪いものを見るようにして、篠川を見ていた。

医局のラウンジである。病院内にカフェがオープンし、医師たちはそちらを利用する者も多くなっていた。コーヒーならカップ一杯百円で飲める。しかし、下手をすると行列になるのが面倒くさくて、浅香も篠川も、相変わらずここを利用している。小銭入れを持って歩くのもじゃまくさい。篠川がひょいとカップを持ち上げる。

「できるなら、コンデンスミルクとか入れたい」

浅香がげんなりした顔をした。

「……気持ち悪いこと言うな」

外の銀杏もすっかり裸だ。箒《ほうき》がずらっと並んでいるようなのは少し寂しいが、可愛らしくもある。

「それなら、ココアでも飲めばいい。入ってるぞ」

キャビネットにはココアも、インスタントカフェオレも入っている。当直の時に持ち込む者がいるらしい。

「コーヒーだからいいんだよ」

篠川がのほほんと言った。

一瞬風が強く吹いた。からからと枯れ葉が転がっていくのが見える。

「十一月も終わりか……」

壁に掛けられたカレンダーを見ながら、篠川が言った。

「何か一年って、あっという間だよね」

「年寄り臭いことを言うな」

「年寄りだもーん。最近、手術中に腰が痛くて」

「やめろ」

そこにドアが開き、佐々木が入ってきた。小柄な若手外科医だ。眠そうにこりこりと頭をかきながら、大あくびをしている。

「おはようございます」

コーヒーの香りに鼻をひくひくさせている。

「いい香りですね……」

「当直明けか？」

まだサーバーに残っていたコーヒーをカップに注いでやって、浅香は佐々木に差し出した。

「眠れなかった？」

「ええ」

佐々木はありがとうございますとカップを受け取った。

「月曜の当直は特にきついんですよ。僕、火曜日に外来なので」

「あ、そっか」

篠川が気の毒そうに言った。

「お前、枕が変わると寝られない人だっけ」

「そこまで繊細じゃないですけどね」

そう言えば知ってますか？　と、佐々木が水を向けてきた。

「今日、石津先生の外来にちょっと気になる患者さんが来ましたよ」

どこで話を拾ってくるのか、佐々木は情報通である。小さい身体であちこちちょこまかと出入りしているらしい。可愛い顔立ちでにこにこしているので、看護師たちも警戒を解いてしまうらしい。

「高校生の男の子です。すらっとした美少年。アイドルの誰だかに似てるって、看護師たちが騒いでました」

「へぇ……」

篠川がくすっと笑った。

「君とどっちが美少年?」

「よしてくださいよ」

佐々木がぱたぱたと顔の前で手を振る。

「僕は少年って年じゃありません。二十六ですよ」

「年なんか関係ないよ」

浅香が言う。

「雰囲気だよ、雰囲気」

「そうそう。ほら、青井先生なんて、三十越えだけど、少年って感じするじゃない」

篠川も言った。佐々木がそれそれと目をぱちぱちさせた。

「その青井先生なんですけど」

「青井先生?」

浅香が聞きとがめた。彼の名前には何となく敏感になってしまう。

「青井先生がどうかしたの？」

「その美少年の患者、青井先生に回りそうなんです。一応最初は石津先生の外来に回ったんですけど、どうも……例のダ・ヴィンチでの手術を希望しているらしくて」

「ダ・ヴィンチでの手術？」

浅香が問い返す。佐々木が頷いた。

「ええ。まだ高校生だし、できるだけ入院期間を短くして、傷も大きなものをつけたくないってことで、聖都から回されてきたみたいです。聖都にもダ・ヴィンチはあるけど、オペレートする医者の腕が違う……ってことで」

びゅうっと風が鳴った。窓ががたつく。

「風が強いな」

浅香がつぶやく。

「ずいぶん……強い」

彼はほっそりとした少年だった。腺病質《せんびょうしつ》とでも言うのか、色が白く、あまり生命力のないタイプだ。

「須賀《すが》 巧《たくみ》くんですね」

青井は電子カルテを開いた。聖都からのデータはすべて取り込まれている。

「ASD……心房中隔欠損症とわかったのは、中学の頃ですか」

「子供の頃から身体は弱い子だったんですが」

ついてきた父親が言った。

「あまり活発な子ではなくて、特にスポーツもやっていなかったんですが」

「中学二年の時から、走ったりすると心臓がどきどきすることが多くなって」

巧が小さな声で、父親の言葉を引き継ぐように言った。

「でも、走るとどきどきするのは普通だと思ってたし、少し休めば治っていたから、あまり気にしなかったんです」

「そうですね」

石津から回された患者だった。もともとダ・ヴィンチでの手術を希望していた患者で、便宜上、院長である石津に紹介され、石津がざっと診て、青井に回してきたのだ。彼の循環器内科医としての目は確かだ。彼が篩《ふるい》の役目をして、青井の手を必要としている患者を見極めたのだ。

「高校受験を前にした頃、走らなくてもどきどきするようになって、それがだんだん頻繁になってきて」

巧は淡々と話す子だった。あまり抑揚のない声で、静かに話す。

「近くの開業医にかかったら、不整脈があると言われて、聖都に紹介されました」

　父親が補足した。

「手術も覚悟したんですが、高校受験も控えていたし、まだ発作もそれほど大きくなかったので、月一回の受診で様子見でした」

「この頃……授業中なんかに心臓が変な動き方をします」

「変な動き方？」

　青井はタッチタイピングしていた手を止めた。

「どんな動き方ですか？」

「何か……心臓がぐにぐに動いている感じ。どきどきじゃなくて、ぐにぐに変な形になるような感じです」

　巧は独特の表現をした。

「そして、ものすごく息が苦しくなるんです」

「それは頻拍性不整脈と言って、ＡＳＤの症状の一つです」

　青井はカルテに打ち込んだ。

「……ものすごく、気持ち悪いんです」

　ぽつんと巧が言った。

「何か……心臓が止まりそうな感じで」

「それは怖いね」

青井はなだめるように言った。

「巧くん」

くるりと椅子を回して、青井は巧に向き合った。

「君は手術を受けるつもりがありますか？」

「え？」

巧が何を聞くのかという顔をした。青井はゆっくりと言う。

「どんな手術でもそうですが、患者さん自身に治すつもり、手術に立ち向かう強い気持ちがなければ、病気は治すことができません。君には、その強い気持ちがありますか？」

青井の黒い瞳に、強い輝きが宿る。

「ダ・ヴィンチ手術は、確かに開胸手術よりも身体にかかる負担は軽い。でも、三時間以上かかる手術です。強い気持ちで身体を支えなければなりません。治ろうという気持ち……治してもらおうではなく、治ろうとする気持ちがなければ、私がいくら頑張っても、どうにもならない」

「先生は百パーセントの成功率を誇っているとうかがっています」

父親が言った。

「聖都からも……」

「それは、今まで私が手術した患者さんたちがみな治りたいと思っていたからですよ」

「僕は……」

巧が少し言いよどんでから言った。

「友達と……一緒に過ごしたい。一緒に……いろいろなことをしたい」

「病気がわかって以来、息子自身も一歩引いてしまったし、周囲もそうです。できることも……させてもらえなくなってしまった」

「学校に行くのが、つまらないし、怖い」

巧の声に少しずつ感情が混じり始めていた。

「授業を受けていても、いつ苦しくなるかわからない。もしかしたら、次の瞬間に具合が悪くなるかも知れない……今度はもっと苦しくなるかも知れない。みんなが楽しそうに笑っていても、僕は笑えない」

「巧くんは……十七歳か」

こくりと頷く。青井は彼の肩に軽く手をかけた。

「いちばん、たぶん楽しいはずの時だね」

「先生は……楽しかったですか?」

巧の問いに、青井はそうだねと頷いた。

「部活動のテニスと友達とやるサッカーに夢中だった。大学に入ってからは勉強ばかりだったから、高校の頃に思いっきり遊んだね」

「僕もできたら、そうしたいです」

巧がやっとはっきりとした口調で言った。

「みんなと思い切り……遊びたい」

「いいでしょう」

青井が頷いた。

「じゃあ、そのために手術する方向で考えましょう」


浅香が青井と顔を合わせたのは、夕刻のナースステーションだった。ちょうど看護師が出払った部屋の隅、医師用のテーブルで、青井はカルテを記載していた。

「お疲れ様」

浅香が声をかけると、青井がふっと顔を上げて振り向いた。

「……お疲れ様です」

浅香は他の病院の麻酔に呼ばれ、戻ったところだった。まだ私服のまま、長白衣だけを羽織っている。青井がその姿を見上げて言った。

「お出かけだったんですか」

「貧乏何とか。麻酔科医は出稼ぎしてなんぼだから」

青井の隣の椅子を引き、浅香はテーブルに着いた。

「さて、明後日からの手術予定はどうなってるかな」

「浅香先生」

青井は一人の患者のカルテを開いた。

「これを見ていただけますか」

「どれ」

すっと下がった青井に代わって、浅香はカルテの前に座った。

「……高校生？」

「ええ、二年生です」

これが件の美少年かと、浅香はカルテを読んでいく。

「自覚症状は三年前……本当はもっと前かも知れないな」

「腺病質とでもいうのか、線の細い子です。僕もそう思います」

石津の略号の多い記載と青井のきっちりとした記載。合わせて読むと患者のイメージが固まった。

「ここ一ヶ月で、頻拍性不整脈の発作が格段に増えています。こっちがホルターの結果」

聖都からのサマリーが取り込まれていた。

「一日に十回を超える発作……つらいな」

浅香がつぶやく。

「そうですね。我慢強いタイプの子のようですが、かなりつらそうでした」

青井が表情を曇らせた。

「一週間後の手術を組みました。本当は冬休みまで待ちたかったんですが、本人も家族も、一日も早い手術を望みましたし、年末にかかるよりいいかと思いまして」

「そうだね……っと、彼、金属アレルギーがあるの？」

「あ、ええ。銀に対するアレルギーが。これもダ・ヴィンチでの手術の適応を決めた理由です。アンプラッツァーでの手術はちょっと難しいので」

ASDの手術は、簡単に言えば心房の間に開いている穴をふさぐということなのだが、いくつか手術方法がある。以前は開胸してのパッチ手術が主流だったが、今はカテーテルを用いたアンプラッツァーでの閉鎖術、そして、ダ・ヴィンチでの閉鎖術である。

「体格的にも、ダ・ヴィンチでの手術を行えると思います。麻酔はいかがでしょうか」

「……」

患者の身長と体重を確認し、アレルギーを確認する。呼吸機能も問題なさそうだ。

「いいよ。本人を事前に診察させてもらうけど、全身麻酔に問題はないと思う」

浅香はすっと椅子を滑らせて、元の位置に戻った。青井も椅子を戻す。

「……美少年だって？」

「あ？　ええ……そうですね。制服姿を見なければ、女の子みたいなタイプです」

「先生とはタイプが違う美少年ってことだ」

「……」

　青井が嫌そうな顔で振り向いた。

「……三十越えで、美少年はないでしょう」

「雰囲気美少年。先生って、何となく少年ぽい。その……すぐむっとするところとか
からかいがいのあるところもだ。

「で？　その上機嫌は？」

「上機嫌？」

　カルテに記載をしながら、青井は言った。

「そんなこと……」

「あるよ。君から僕に話しかけてくるなんて、今まであったっけ？」

　夜勤用なのか、テーブルにキャンディボックスが乗っている。ミント味のキャンディをなめながら、浅香はにんまり笑った。

「何か、いいことあった？」

「……そんなことありません」

カタカタとキーボードを叩く音。彼は完全なタッチタイピングだ。クラークを入れている医師も多い中、自分ですべてのカルテを記載している。

「そんなこと……ありません」

いつも固く引き結ばれている口元が、少しほころんでいるように見えたのは、浅香の気のせいだったのだろうか。

「さて……僕はそろそろ帰らせてもらうよ。君は？」

「これを書けば上がりです。当直明けなので、今日は早く帰ります」

「そう」

浅香は立ち上がりながら白衣を脱いで、腕に掛けた。

「よかったら、食事にでも行かない？」

「はい？」

青井が顔を上げる。まだ唇に微笑みの名残がある。なお少年の雰囲気が強くなる。

〝ああ、そうか……〟

彼がどこか少年ぽく見えるのは、表情のわかりやすさ故だ。口元の動き一つで、彼が何を考えているのかはっきりとわかる。今の彼はどこかうきうきとしている。嬉《うれ》しくて仕方ないといった感じだ。いつもの追い詰められているような鋭さが薄くなり、彼生来の生命力が強く感じられる。

いったい彼はいくつの顔を持っているのだろう。会うたびにくるくると変わる彼の豊かな表情。幾重にも反射して見える複雑な内面を示すかのように、彼はいつ会っても、どきりとさせてくれるような新鮮な表情を見せる。

〝たとえそれがとんでもなく不機嫌な顔でも……可愛いね〟

「……あなたとですか?」

ちょっとだけ猜疑心《さいぎしん》ののぞく顔。思わず浅香は微笑んでしまう。

「ご飯くらいいいだろ?　飲まなきゃいいんだから」

「……」

青井は少し考えているようだった。そして、珍しくも頷いた。

「……いいですよ」

「おや、どういう風の吹き回し?」

「……茶化すなら、行きませんよ」

〝本当に機嫌がいいらしいな〟

浅香は両手をぱっと挙げた。

「うそうそ。じゃ、駐車場で待ってるから」

青井の返事を聞かずに、浅香はナースステーションを出た。

浅香はコートの襟を立てるようにして、車に寄りかかって待っていた。

「寒いな……」

風が強い。ここは高台なので、風が吹き抜けるのだ。空はびっくりするくらい早く雲が流れている。月が見え隠れして、時折強く輝く。月が顔を出すと、まわりがはっきり見えるほど明るくなった。その明るさの中に、フードのついたコートを着た姿が現れた。

「お待たせしました」

白衣を着ている時よりも私服の方が、彼は若く見えた。ネイビーのコートにジーンズ、ワンショルダーのバッグを背負っている。

「フレンチっていうかっこじゃないですよ」

浅香の車は車高の高いＲＶ車だ。身軽に車に乗ってきた青井はへぇと中を見回している。

「何か、浅香先生って外車とかに乗っている気がしました」

「乗ってたことはあるよ」

車を出しながら、浅香は答える。

「ただ維持するのに金がかかりすぎるからやめた」

「この車だって、維持費はかかるでしょう？」

青井は高い助手席に座って、外を眺めた。

「僕なんか、いまだにバスですよ」

最先端機器を自在に扱う天才医師は、意外に庶民的だ。浅香は車で坂を下っていった。


店は明るいオレンジ色に包まれていた。黄色い壁と天井、オレンジ色の明かり。壁に掛かるカラフルなタイル飾り。スペイン料理のバルだ。

「……へぇ……」

青井は物珍しそうにきょろきょろしている。コートを脱ぐと、下はアイボリーのセーター姿だった。V字型に開いた首元からのぞく鎖骨がやっぱり細い。

「いつもこういうところでご飯食べてるんですか」

「ほとんどは自炊だよ」

浅香はガス入りのミネラルウォーター、青井はサングリアをオーダーしていた。色鮮やかな小皿料理が次々に運ばれ、テーブルいっぱいに並べられている。

「といっても、食事はあまりとらないけどね。夜は帰ってコーヒーか水でも飲んで寝るだけだ。君は？」

「僕は実家です。関西にいた頃は、病院の寮に無理言って入れてもらってました」

おいしいと喜んで、青井は次々に料理を片付けている。さすがに用心しているのか、少しアルコールの入ったサングリアは二杯止まりだが、食欲は旺盛である。

「……ご機嫌だね」

酒が飲めないのはつらいなと思いながら、浅香はパンにオリーブオイルをつけて口に運ぶ。

「ダ・ヴィンチが使えるのは嬉しい？」

「そう……それはありますね」

少しだけアルコールをとって、青井はいつもの警戒が少し解けたようだった。

「オフポンプの手術やロボット手術は僕に合っています。この身体のせいもありますが、力業よりも指先を駆使するテクニックの方が合っています」

「そうだね。篠川のようなタイプがパワー系だ」

浅香は頷いた。青井が器用にナイフを使いながら言った。

「篠川先生はとてもタフです。手術の後でも、全然変わらない。僕はだめです。集中が切れるともうぐったりしてしまう」

「ダ・ヴィンチは一人の世界じゃない？　コンソールに向かっている時は一人でしょう？」

ダ・ヴィンチの手術は独特だ。オペレーターは手術台から離れた場所にあるコンソールに向かって、コントローラを操作し、患者の身体には一切触れない。

「一人で手術はできません」

浅香の問いに、青井はゆっくりと言った。

「一人では……何もできない」

「本当にそう思う？」

「ええ」

赤いサングリアを見つめながら、青井は言った。

「だから、きっと僕は苛立つんです。一人では何もできないから」

「一人でやりたい？」

「……どうでしょうか」

青井は少し笑った。

「僕は自分勝手なので、苛立つんでしょう。僕は……独善的で自信過剰だから」

「誰がそんなことを言ったの？」

ぽろりとこぼしてしまった言葉に、青井は自分で驚いているようだった。

「あ、いえ……」

フォークを止めて、一瞬黙り、そして少しだけ笑った。少年の唇に大人の苦い笑みが浮かぶ。

「気にしないで下さい。これ、おいしいですね」

少し照明が暗くなった。店の中央にある小さな舞台で、フラメンコが始まるところだった。

「へぇ……こんなのも見られるんだ」

青井の黒い瞳がスポットライトを反射して、きらきらと輝いて見えた。それはきっと彼が少年だった頃と同じ、屈託のない輝きを宿していた。

　車に乗った青井は少し飲んだアルコールのせいか、目に見えるほど表情が和《なご》んで上機嫌だった。

「フラメンコって、初めて見ました」

「飲みながら見ると、もっといい。僕はいつもそうだよ」

「今日は？」

　黒い瞳が楽しそうにきらきらと輝いている。彼がこれほど嬉しそうに自分を見るのは初めてではないかと、浅香は思った。少し嫉妬《しっと》したくなるくらいだったが、いったい誰に嫉妬すればいいのかわからない。いや、何に嫉妬すればいいのか。

「車だからね。人に運転させるのは好きじゃないから、代行は使わない」

　だから、仕方なくエンジンをかけ、車をスタートさせる。

「自宅ってどこだ？」

「ここからだと、病院挟んで向こう側です。病院通らないなら、ぐるっと丘を回る形になります」

「そこをバスで通ってるのかい？　呼び出しがあったらどうするんだ？」

「タクシーか家族に送ってもらいます。その後は病院に泊まるんで」

浅香は職場を通る気にならず、ぐるりと高台を回る道に入った。青井は相変わらず鼻歌を歌いそうな表情で、外を眺めている。

「青井先生、例の患者……あの美少年、石津先生から回ってきたんだって？」

「ええ」

青井は頷いた。

「聖都からの紹介でしたから。石津先生に直接電話があったそうです」

「聖都にもダ・ヴィンチは入っているんだろう？」

浅香の問いに、青井は小さく頷いた。

「初期型です。操作性はうちに入ったものの方がはるかにいいですね」

信号で車が止まった。青井が言葉を続ける。

「本来、ダ・ヴィンチでのＡＳＤ手術は成人向けなんです。あの患者さんの場合、成長を考えると……ぎりぎりですね。だから、少しでもいい機器を使いたかったんでしょう」

「それといい腕ね」

信号が青になり、車が走り出す。浅香はずっと持っていた疑問を、上機嫌な彼にぶつけてみる気になった。

「ねぇ、青井先生、そんなに上機嫌なのは、ダ・ヴィンチを使ってオペできるから？」

「え……」

青井が振り返った。

「浅香先生……」

「君、今にも鼻歌を歌いそうだよ？」

浅香はハンドルを切りながら言った。

「ここ、右でいいんだよね」

「あ、ええ……」

戸惑ったように、青井が頷いた。

「……そうでしょうか……」

青井は自分の片頬を押さえるような仕草をした。

「そんな……つもりはなかったんですが」

「君は手術室の申し子だ。やっぱりオペできるのは嬉しい？」

浅香はさらりと言った。

「そんな……」

青井がゆっくりと首を横に振った。

「そんなことはありません……」

「本当に？」

「そんなこと、あるわけないじゃないですか」

青井の横顔がぴたりと凍りついた。声の温度がぐっと下がる。藪《やぶ》をつついて蛇を出すとは思ったが、ここでやめられないのがひねくれた浅香の性格だ。

「そうかなぁ……僕には、君がダ・ヴィンチでの手術が決まったことを喜んでいるようにしか思えないんだけど」

「……そんなこと、あるわけ……っ」

「そう、それは言い過ぎだね。君が喜んでいるのは、心臓を病んだ高校生を救うことができる……そのことかな?」

大きくカーブした道路を走って、丘を回り込んでいく。信号もほとんどなく、車は滑るように走っていく。

「君がダ・ヴィンチでの手術を成功させれば……患者を紹介してくれた石津先生が君の手腕を認めてくれる」

「え……」

「医師として、患者を助けることができるのは確かに至福だ。それも、最新機器を使った画期的な手術でね。君はそれが嬉しいんじゃないの?」

口調はいつものようにおっとり優しいが、浅香の言葉は恐ろしく辛辣だった。これが彼の本性と言われる部分だ。笑顔で罵倒《ばとう》する男と大学時代に言われた所以《ゆえん》である。

「ねぇ……まるで今の君は、患者がいることが嬉しいみたいだね」

いちばん近い感覚は、肉食獣が小動物をいたぶる……そんな感じかも知れないと思った。さっきまで上機嫌だったことが嘘のように、青井は青ざめていた。

「確かに、僕らは患者がいなければ成り立たない商売だ。患者の命を救うことが至福であるのに、その患者がいなければ、僕たちの存在は必要ない。君はその矛盾をどう思う？　いや……君は矛盾を感じないのかな。患者はいなくなることがないから……」

「黙って下さい……っ！」

浅香は車を路肩に止めた。病院ができてから道が整備され、丘の向こうに行くには病院の横を通った方が早いため、この道はぐっと車の通りが減った。今も、ほとんど車通りはない。

「あなたに僕の何がわかる……っ」

「わからないよ」

ハンドルを抱えるようにして、浅香は落ち着いた声で言った。すっかり月は雲に覆われてしまった。雨は降り出していないが、今にも空は泣き出しそうだ。

「わかっているのは、自分の仕事に生き甲斐を感じ、手術できることを喜んでいる君が、何かに傷ついてか……苛立ってか、とにかく感情的になって、酒に逃げ……人肌を求めたことがあるということだよ」

「……っ！」

青井がダッシュボードをがんと叩いた。丈夫な車はその程度では壊れもしないので、浅香は黙っている。青井は深くうつむき、何かをこらえるように肩を震わせていた。その肩に浅香は手を伸ばした。大きく手を伸ばして抱き寄せる。

「離せ……っ」

しかし、力は体格的に勝る浅香の方が強い。車のメカに触ってしまうことを無意識に恐れて、抵抗する力が鈍る青井のシートベルトを外し、腕の中に抱き寄せた。

「……ねぇ、もう一度、人肌に甘えてみたら?」

「離せ……っ!」

「無駄だよ。いくら叫んだって、誰も来ない」

「……っ!」

彼は寂しがりだ。強さをいつも表に出しているものほど、その中身は柔らかく、傷つきやすいものだ。強引に抱きしめているうちに、青井の抵抗が静かになっていった。

「……あなたは……」

くぐもった声で、青井が言った。泣いているのではと思えるほど、その声は微かで、小さく震えていた。

「あなたは……僕をどうしたいんですか」

「別に」

浅香は穏やかな声で答える。強引なことをやったわりに、その声は落ち着いている。すっぽりと青井を抱きしめて、浅香はそのこめかみに軽く唇を触れた。

「今は……これでいい。ちょっといじめすぎたから、鬼畜と呼ばれる僕らしくもなく、これでいい」

なぜか、今はこれだけでいいと思えた。彼の泣きそうな顔……また見たことのない顔を見られただけでいいと思えた。

〝僕も……焼きが回ったもんだ〟

清廉潔白オーラを浴びているうちに、少々漂白されてしまったのかも知れない。

「でも、次は……君を跪《ひざまず》かせてみたいかな」

乾いている唇を軽く指先でたどる。

「そんなことをして……何になるんですか」

疲れたように、青井が言った。少し酔いも回って、ガードが低くなっているのだろう。青井は諦めたように、浅香の腕の中で深いため息をついた。

「僕は……あなたが何を考えているのか、全くわからない」

「君には、それだけの価値がある」

思い切り声を甘くして、囁いてみる。彼の反応をそっと見ながら。

外は雨が降り始めていた。雨に包まれた車の中は、音が籠《こ》もって聞こえる。

「誰よりも誇り高くて、才能と生命力に満ちあふれた君を泣かせてみたいかな。こんな風に……僕の腕の中で」

「誰が……あなたなんかのために……っ」

雨がウインドシールドを叩く。浅香の腕を解き、胸を押しのけて、青井は波立つ声で言った。

「あなたの……ためになんか……」

彼の頬に涙が伝わっているように見えて、浅香は一瞬ぎょっとした。彼が泣く。涙を流す。しかし、それがウインドシールドを流れる雨粒が映ったものだと気づいて、少しだけほっとする。泣かせてみたい。でも、まだ泣いてほしくない。二つの相反する感情が、浅香の中で揺れ動く。

「……帰ります」

シートベルトをつけ直して、青井は少し目の辺りを擦《こす》ってから、再び外を見た。

「申し訳ありませんが、送っていただけませんか」

「仰《おお》せのままに」

ようやく、いつもの彼が戻ってきたようだった。強い理性と知性に瞳を輝かせる彼が。

浅香もシートベルトをつけ直すと、ゆっくりと雨の中に車を出した。

ACT　7

北関東ハートセンターに手術支援ロボット『ダ・ヴィンチ』が導入されて初めての手術は、やはり須賀 巧のものに決まった。

「青井先生のデモ見せてもらったけど、やっぱりあれはすごいわ」

篠川が珍しくも興奮気味に言った。

「俺なんかとは全然レベルが違う。ああいうのを神業って言うんだ」

「へぇ」

浅香は少しおもしろそうに言った。

「お前がそこまで言うなんて、珍しいな」

「そう？」

篠川がにっと笑って、首を傾げる。

「俺、賛辞は惜しまないタイプよ？」

「知ってる」

時刻は午後六時。二人は医局の廊下を歩いていた。病院の医局はうなぎの寝床だ。意外に距離がある。突き当たりにあるラウンジに向かいかけていた二人は、院長室の前に立っているほっそりとした人影を見た。

「あれは……」

すっきりとした細身のスーツ姿の男性は、院長室のドアを軽く指先で撫でていた。背はさほど高くなく、身体も華奢だ。篠川が浅香を見た。

「誰？」

「さぁ……少なくとも業者とかじゃないよね。ここにはこれがないと入れない」

浅香は胸に下げているＩＤカードに軽く触れる。

「聞いた方が早いかも」

浅香は身軽に彼に近づいた。

「失礼」

「はい？」

彼が振り向く。その白い顔に、どこか見覚えがあるような気がした。

「……君、もしかして、石津先生の？」

「え？」

篠川がきょとんとしている。

「石津先生の？」

「……はい、息子です」

彼がにっこりして答えた。

「石津佳彦《よしひこ》と言います。石津　匡は僕の父です」

「石津先生の息子さん？」

篠川がびっくりしたように、彼を見ている。

「……そう言えば、似ているね」

「よく言われます」

佳彦は柔和《にゅうわ》に微笑んでいる。

「父に会いに来ました。事務の方がここまで入れてくれて……」

「石津先生は運営会議の最中だな」

時計を見ながら、浅香は言った。

「ラウンジでコーヒーでも？　僕たちのと一緒にいれるよ」

「ありがとうございます」

佳彦の表情はあくまで穏やかで柔らかい。石津とよく似た表情だが、彼の中にある老獪《ろうかい》さが佳彦にはない。

〝心底穏やか……ということか〟

佳彦を連れて、ラウンジに行こうとした時だった。背後で声がした。

「……佳彦……っ」

振り返ると、青井がそこに立っていた。白衣を脱ぎ着替えてはいたが、ダ・ヴィンチのデモを終えたばかりの高揚した表情のままだ。彼は目を見開き、口元を震わせた。信じられないものを見た顔で、首を小さく振っている。

「どうして……」

「ああ、久しぶりだね、真希」

佳彦が懐かしそうに目を細めた。優しい表情だ。

「元気そうだね……よかった」

「佳彦、どうして……どうして、ここに」

「うん、父に会いに来たんだ。それで、真希にも会えたらいいなって思ってた」

「おや、お知り合い？」

浅香は佳彦と青井を等分に見ながら言った。青井の顔がゆっくりと青ざめていく。

「佳彦……」

「真希、僕は大丈夫だから、心配しないで。もう、心配しないで」

佳彦が優しく言う。青井はゆっくりと後ずさり、首を横に振る。

「佳彦、僕は……」

「真希、そんな顔しないで」

「えっと……」

さて、自分がここにいてもいいのかどうかと思いながら、浅香はそっと言った。

「いったい……どういうこと？」

「ええっと……話は長く……真希……っ！」

佳彦が話し始めようとした時、青井はその場を後にして、足早に歩き出していた。

「青井先生……っ」

伸ばした浅香の指先を振り払うように、彼は医局を出て行った。


石津佳彦を院長である石津に渡し、浅香はすぐに病院を出た。青井がすでに院内にいないであろうことは簡単に想像がついた。あの勢いで飛び出していったのだ。医局に戻ってくるはずがない。そして、病院内から姿を消した青井を見つけるのもまた、意外なくらい簡単だった。

「……こんばんは」

ぽんと後ろから肩を叩くと、彼は大して驚いた風もなく振り返った。

浅香が食事に連れてきたスペインバルだった。青井はそのカウンター席で、ぼんやりとサングリアを飲みながら、フラメンコのステージを見ていた。

「……ここしか知らないから」

青井は小さな声で答えた。

「気がついたら、ここにいた」

「帰巣《きそう》本能みたいなもの？　僕が連れてきてあげたから」

「何とでも言って下さい。近くで酒を飲めるところをここしか知らなかっただけです」

浅香は隣に座ると、シェリーと適当に小皿をいくつかオーダーした。フラメンコのステージはちょうど終わったところで、店の中はまだ少しざわついている。

「フラメンコって、前に見た時も思いましたが……いいですね」

いくらアルコール度数の低いサングリアでも、空きっ腹に何杯も入れれば、それなりに酔う。青井の言葉付きは、少しとろりとしていた。

「ぼんやり見てたけど……情熱的で……きれいだった」

「君みたいだね」

チンとグラスを合わせて、浅香は言う。青井はちらりと横目で浅香を見た。

「浅香先生って、そういうことを平気で言いますよね……」

「そういうキャラだから」

ふふっと笑って、浅香はグラスに唇をつけた。この店のシェリーは香りがいい。淡い琥珀色がとてもきれいだ。

「意識大丈夫？」

「それほど……弱くありません」

青井は自分もそっちがいいと言って、シェリーをオーダーした。香りが気に入ったらしく、グラスの上で鼻をひくつかせている。

「酔いが回ってほしい時に限って、酔えません。だから、酒量が増える。気がついた時には……意識がどこかに行っている。それで、みんな忘れる」

「危ないなぁ……」

「そうやって……きましたから」

青井はグラスに軽くキスをした。妙に可愛らしい仕草に、浅香ははっと胸を摑まれたような気分を味わう。

〝……参るなぁ……まったく〟

彼はまるで万華鏡だ。きらきらとした輝きの面がいったいいくつあるのか、見当もつかない。

「……いつも、ストレスがかかると、こんなことしてるわけ？」

「いちばん手っ取り早いですから。店で飲むことは珍しいですけど」

アルコールの入った青井は、いつもより口数が多くなる。

「ずっと……こうやってきました。いろいろな人とぶつかったり、わかってもらえなかったり、理解できなかったり……」

「天才の孤独？」

「僕は天才なんかじゃありません」

どうして、そっちの方がおいしそうなのかなぁと、青井は浅香のグラスに手を伸ばした。グラスを取り替えてやると、にこりと笑った。実年齢が信じられないほど、可愛らしい笑顔だ。

「……どちらかと言えば、僕は不器用な方だと思います。一つのことができるようになるまで、たぶん人より時間がかかります。掘り下げて……もっともっとできるようになりたいと思って……。だいたいできればいいとか、こんなもんでいいとか、そういうことができないんです。ダ・ヴィンチの操作もそうです。やるなら……いちばんできるようになりたい。だから、努力します。きっと、人の何倍も……」

間違いなく、彼は天才だ。その天才がより努力するのだから、誰も届かない高みに行ってしまうのは当然だろう。

「誰にも理解されないことは多いです。僕は……うまく言えないから」

浅香先生が羨《うらや》ましいと青井は言う。

「先生みたいに……言葉をたくさん持っていたら、きっと、あんなことにならなかった」

「あんなこと?」

タパスという小皿料理を、青井はフォークでつついている。

「聖都にいた頃、オフポンプ手術を上申しました。研修で身につけたもので……あの頃、聖都でようやく始められたばかりだった。なかなか、若い僕には執刀の機会が与えられなくて……そんな僕をかってくれて、僕に執刀させるように、所属していた心臓外科教室の教授に助言してくれたのが、石津先生でした。石津先生は講師でしたが、カテーテル手術での実績が日本有数のもので、聖都では発言権があった」

「そういえば、石津先生は東京医大から引き抜かれたんだったね……」

浅香の言葉に、青井は頷いた。

「ええ。聖都は実力主義だったから、講師という立場でも、実力のある石津先生には、発言権があったんです。先生は、僕にご自分の患者を回して下さって、執刀の機会を与えて下さった」

青井がグラスを干す。浅香はペリエをオーダーして、自分のグラスに少し注いで、シェリーを割った。味は知らないが、アルコール度数は下がる。そのグラスを滑らせてやると、青井はおとなしく抱えた。

「……きっと、僕は調子に乗っていたんだと思います。オフポンプでの手術を立て続けに十例以上成功させて、導入されたばかりのダ・ヴィンチでの手術も、僕が第一例目を手がけました。オペは成功して、僕は最年少での准教授就任も目の前と言われていた」

酔いが彼を饒舌《じょうぜつ》にさせている。そっと手を伸ばして、顔にかかる髪をかき上げてやると、浅香のその手にそっと頬を寄せてきた。

「冷たくて、気持ちいい……」

浅香の指はグラスで冷えていた。その指に、青井は頬を預ける。

「……そこに来たのが、石津先生の長男である佳彦でした。佳彦とは……高校時代からの友人でした。心臓が悪いことは知らなかったけど」

「彼が心疾患を？」

線が細いとは思ったが。

「彼の疾患はASDでした。症状はそれほど強くなくて、オペするにしても、ずっと後になってからでいいと、先生は判断されていたようでした。でも、医学部に進んで、ハードな生活を送るようになって、佳彦の症状は一気に進んでしまった。日常生活にも支障が出るようになって……手術を考えざるを得なかった。佳彦は、父である石津先生にも症状を隠していたみたいで、石津先生が気づいた時には、心臓がかなり弱っている状態だった」

少しは食べないと……と世話を焼いてやるが、青井はシェリーだけを飲んでいる。浅香はそれをせっせと水で割ってやる。

「……なるべく、侵襲性のない手術を選択しなければならない。開胸手術は最初から考慮になかった。あまりに身体に対する負担が大きすぎる。カテーテルを使用したアンプラッツァーを考える石津先生に、僕は……ダ・ヴィンチでの手術を提案しました」

「問題はないだろう？　君のテクニックなら」

青井のテクニックは、日本でも有数のものだ。彼ができなければ、誰にもできないだろう。

青井はゆるゆると首を横に振った。

「……石津先生もそう言って下さった。君にしか任せられない……アンプラッツァーを勧める周囲を説得して、聖都で三例目のロボット手術に組んで下さった」

「でも、彼がああやって無事にいるってことは、成功したんだろ？」

「……結果的には」

グラスから落ちた雫《しずく》を、青井は指先でもてあそんでいた。細い、手入れの行き届いたきれいな指だ。

「成功はしましたが、手術中に佳彦の弱った心臓は止まってしまった。手術中に心肺停止が起きて、モニターは完全にフラットになって、戻らなくなってしまった……」

「でも……」

「停止状態は何分くらいだったんだろう……結果的に、佳彦には軽い麻痺《まひ》が残ってしまいました」

「なるほど……」

石津が心肺停止にあれほど厳しく、青井に対して冷たく当たったのは、この経験があったためだったのか。自分が信じて任せた医師が、息子の命を危うくした……その経験が穏やかな石津を変えた。

「彼を助けたかった……それは本当です。彼とは友人だったし、穏やかで優しい彼が大好きだった。でも……自分の腕に過信があったかも知れないことは否定できません。この手術を成功させたら、もっと目を掛けてもらえる……もっと難しい手術も任せてもらえる……そんな気持ちが全くなかったと言ったら、それはきっと嘘になる」

「それから?」

シェリーをヴィンテージに変えた。より琥珀色が深くなる。

「それから……君たちはどうしたの?」

「……僕は関西の大学病院から講師のオファーをいただいて、そちらに移りました。それからは……今回呼んでいただけるまで、石津先生にはお目にかかっていませんでした」

シェリーをほしそうに眺められ、浅香は青井のグラスに少し注いでやる。ペリエの中にシェリーが混ざりあって、シュリーレン現象を起こしている。ふわふわと霞《かすみ》のようなシェリーがグラスの壁を這《は》い上る。

「石津先生からメールをいただいて、電話をした時、ここに来てほしいと言っていただいた時……無条件に嬉しかった。僕は……許されたと思った」

しかし、それは違っていた。石津の中には、間違いなく青井への不信感があった。

「でも、僕を呼んだのは、理事会でした。石津先生は最後まで反対なさったのだと……あの夜……札幌の学会の夜に聞きました」

「あの……夜」

「ええ……あの夜です」

世界的にも知られつつある青井真希の腕を北関東ハートセンターの売りとしてほしい。しかし、石津個人としては、青井は息子の命を危険にさらした医師でもある。石津の中にあった葛《かっ》藤《とう》を浅香は思う。穏やかな石津らしくもない青井への態度。あの冷静さを欠いた態度が、彼の父親としての顔だったのだろう。

「なるほど。君が泥酔《でいすい》したわけがわかったよ」

「……許されてなんか……いなかった。僕は……」

それでも、彼は許しを求めた。石津の一挙一動に許しを求めた。

「君が石津先生の態度にひどく敏感だったのはそのせいか」

「僕は……最近、思うんです」

ぱたりとカウンターに横顔をつけて、青井は浅香を見上げる。黒い瞳がとろりと潤んで、浅香を見つめている。

「あの時……佳彦の手術の時、どうして、浅香先生がいて下さらなかったんだろうって……」

「え？」

青井の細い指が浅香のジャケットの袖を軽く摑む。

「佳彦が心肺停止になった時、僕は……自分の手で蘇生しました」

「麻酔いなかったの？」

「もちろんいました。でも……僕は信じ切れなかった。僕は手を下ろして、自分の手で蘇生しました。僕は傲慢《ごうまん》で……誰も信じようとしなかった。僕しか佳彦を救えないと……思い込んでいた」

外科医が手術中に一度手を下ろしてしまったら、場合によっては、もう一度手洗いからやり直さなければならない。手術時間は延長する。

「浅香先生」

「何かな」

「先生は……僕を越える自信家です」

青井がくすくすと笑っている。

「先生は、僕を手術に集中させてくれる。僕よりもずっと自信家で、僕の言いたいことややりたいことなんか、何もかもわかっていると言いきる強さがある。先生の強さが、僕にはとても羨ましい」

「別に強いわけじゃないし、自信家でもない」

浅香は苦笑していた。グラスを手に取り、ゆっくりと一口飲む。

「僕は、君より人間があくどくできているからね。君が言ってほしい言葉がすぐにわかってしまうだけだ」

「それでも……ほしい言葉をもらえることがこんなに嬉しいんだって、あなたは教えてくれた」

　ずっと一人で走り続けてきたトップランナーの孤独。誰にもすがることができず、ただ前だけを見て走り続けてきた青井真希。

「ねぇ、青井先生」

　浅香はとろりと瞼を閉じた青井の髪を軽く撫でた。細くてさらさらとした柔らかい髪だ。

「もしかして、君は僕が好きなのかな」

「え……」

　瞼が開いた。長い睫が揺れる。

「浅香先生？」

「どうも、僕には愛の告白にしか聞こえないんだけど」

「あ……」

　しばらくゆっくりと瞬きしてから、青井はさーっと耳まで赤くなった。ぱっと起き直り、くらくらと襲ってきためまいに額を押さえている。

「えっと……」

「少し飲み過ぎたんじゃない？」

「帰るよ」

　浅香はさっと立ち上がった。見上げてくる青井の手を取って、立ち上がらせる。

「あ、はい……」

浅香が、カードで支払いを終える間、青井は店の外で空を見上げていた。まだ息は白くないが、風の冷たさは間違いなく冬だ。冬は空が澄んでいる。

「何か見える？」

浅香は後ろから青井の両肩をぽんと叩いた。青井が空を見上げたまま答える。

「オリオン座が。あの三つ星だけはわかるんです」

「みんなそうだよ」

今日は酒を飲んでしまったので、帰りはタクシーだ。流しの車を探しながら、歩き出す。

「……酔ってる？」

「そうでもないです……眠いけど」

コートのポケットに手を入れて、青井は少しふらふらしながら歩いている。

「じゃあ、ホテルはやめとこうか」

「え？」

先に歩いていた青井が振り返った。風に髪が揺れて、黒い瞳が一瞬隠れる。浅香は手を伸ばして、さらりとその髪を払った。

「何？」

「しらふじゃ、セックスできないでしょ？」

「……っ」

タクシーが来た。浅香は手を上げて捕まえ、ぽんと青井の肩を叩く。

「乗って」

「浅香先生……っ」

青井をタクシーに乗せ、浅香は車の屋根に手をついて、中をのぞき込んだ。

「じゃあ、また明日。さっきのこと、ちょっと考えておいて」

「あ、えと……」

『もしかして、君は僕が好きなのかな』

青井がうつむいた。白い耳がまた赤くなっている。天才は意外にうぶだ。

「次の手術……って、ああ、僕が君の手術に入るのは、須賀 巧くんの手術か」

浅香はのんびりと言った。

「じゃあ、それまでに。おやすみ」

タクシーのドライバーに合図して、ドアを閉めてもらう。

「浅香先生……っ」

走り去るタクシーに手を振ってから、浅香はくるりと背を向けて、駅に向かって歩き出した。

ACT 8

須賀 巧の手術は、予定通り、十二月に入ったばかりの晴れた日に行われた。

「……気管内挿管終了。呼吸……ＯＫ」

浅香は手にした端末に打ち込みながら、麻酔器をちらりと見た。患者の顔を見、点滴を確認し、モニターを見る。

「バイタル安定。麻酔導入ＯＫ。いつでもどうぞ」

ダ・ヴィンチを使ってのＡＳＤ手術は、右心房を切開し、欠損孔を閉鎖する。術式自体は単純なものなのだが、切開を加えなければならないのが心臓なので、通常の術式であれば、胸を二十センチほど切り開き、胸骨を外さなければならない。しかし、ダ・ヴィンチを用いての内視鏡手術なら、胸にロボットアームと内視鏡を差し込む穴を数個空けるだけですむ。

「術式、経内視鏡的心房中隔欠損孔直接閉鎖術。それでは執刀します」

「お願いします」

青井がオペの開始を宣言した。メスを握っているのは、助手である篠川だ。篠川は患者の胸に四つの穴を空けていく。そこに三本のロボットアームと内視鏡が差し込まれた。

「……始めます」

青井が手術台に背を向けた。手術台とは離れたところにあるコンソールに向かう。不思議な光景だった。モニターに映し出されたロボットアームと内視鏡は、まるで生き物のように自由に体内を動き回っていた。しかし、それを操っている青井は患者に背を向けている。

〝近未来だね……これは〟

浅香は麻酔のコントロールをしながら、手術室のスタッフ全員が見ているモニターではなく、青井を見ていた。彼の器用な指がコントローラーを扱い、的確にアームを進めていく。

「すげぇ……」

篠川の感嘆の声が聞こえた。青井の手元は滑らかに動いている。青井は３Ｄのモニターを見ながら、コントローラーを操作し、まったくためらうことなく、右心房にたどり着いた。ここを切り開き、心房を隔てる中隔に開いた欠損孔を縫い合わせて閉鎖する。

「取材来てるんだって……」

「えー、テレビ？」

看護師たちの声が聞こえる。この手術室は外のモニター室から見学することができる。そこに取材が入っていることは、浅香も知っていた。このオペが終わったら、青井もインタビューを受けることになるだろう。

「……あった」

小さくつぶやいて、青井はいったんモニターから顔を外した。ふっと顔を上げて、視線を泳がせる。患者の頭側に立っている浅香を見て、彼は小さく頷いた。ああ、そこにいたんですね……そんな顔。そして、目を瞬いてから、またコントローラーの操作に戻る。アームは心房中隔に開いている欠損孔に行き着いていた。

「パッチは必要ない。予定通り、直接閉鎖する」

欠損孔を確認し、術式を決定して、青井は手術の最重要ポイントに入っていった。

コンッと小さなノックがした。医局のソファでうたた寝していた浅香は目を開ける。

「はい?」

また一度のノック。浅香は立ち上がり、ドアを開ける。

「おや」

壁に寄りかかり、伸ばした片手でドアを叩いていたのは青井だった。

「入る?」

「……まだ帰らないんですか」

青井はまだ術衣姿だった。さすがに汗をかいたままでは風邪をひいてしまいそうなので、取材の前にシャワーを浴びて着替えたようだったが、私服には着替えていなかった。

「僕は帰れるけど。君は?」

答えた浅香に、青井はためらいがちに頷いた。

「……帰ります。あの……」

「ホテルにする？　それとも、うちに来る？」

「浅香先生……っ！」

「冗談だよ」

浅香は笑いながら、ソファからジャケットを取り上げた。

「車で待ってる。ゆっくり着替えておいで」

「……はい」

青井は一度も視線を上げないままで、再び頷いた。


浅香の住むマンションは病院の借り上げではない。借り上げもあるのだが、ワンルームという間取りが気に入らなかったので、自分で契約した。２ＬＤＫの賃貸である。

「……きれいにしているんですね」

車に乗り込んできた青井からは、清潔な石けんの香りがした。私服に着替える前にもう一度シャワーを浴びて、さっぱりしてきたらしい。浅香も受けたことがあるが、テレビ取材の時に浴びるライトはかなり強烈だ。手術後でまだ完全に汗がおさまっていない状態では、また暑くなってくる。

「出したものは元に戻せば散らからない」

家の中を物珍しそうにきょろきょろしている青井を、浅香はソファに招いた。アルフレックスの大型のソファだ。

「君の部屋は？　ぐちゃぐちゃとか？」

「そうですね。レファレンスが多いので、本の山です」

コートを脱いで浅香に渡し、青井はソファに座った。座り心地のいいクッションが身体を包む。

「あ、これ」

気がついたように、青井は持ってきたトートバッグを開けた。

「何がいいかわからなかったので、お店で飲んだのと同じのを買ってきました」

「え？」

キッチンで、コーヒーメーカーにコーヒー豆をセットしていた浅香が振り返る。ひょいと顔を出すと、青井が紙袋を差し出していた。

「何？」

空のカップを持ったまま、浅香はキッチンを出た。紙袋を受け取って、中をのぞく。

「酒？」

そして、ちょっと肩をすくめた。

「やっぱり飲まないとだめなわけ？」

浅香に紙袋を押しつけるようにして、青井はうつむいている。

「勢いは……必要です」

紙袋の中は、あの店で出されたのと同じシェリーだった。よくもあの薄暗い店で、ラベルまで正確に覚えていたものだ。

「探したの？」

「お店に電話して聞きました。仕入れているお店を教えて下さったので、そこで買いました」

「へぇ。ごちそうさま」

紙袋を持って、浅香はキッチンに戻った。コーヒー豆を缶に戻し、グラスを用意する。ワインを飲む習慣はないので、ワイングラスは用意していない。少し考えてから、小さなショットグラスがあるのを思いだした。二つ取り出し、トレイに並べる。つまみはフランスパンをスライスし、あとはチーズやナッツ、生ハム、トマト、オリーブオイルを用意する。シェリーがあるとわかっていたら、もう少し用意ができたのにと思ったが、唐突に持ってくるというのも彼らしい。

「大したお構いはできないよ」

「すごい……ちゃんとおつまみがある……」

白い長方形の皿にきれいに並べられたパンとチーズ、生ハムなどに、青井は目を見開いている。浅香は笑い出した。

「こんなの、つまみのうちに入らないよ。君、本当に酔っ払う目的以外で酒飲まないんだね」

浅香は宅飲みはしないタイプだ。家ではコーヒーとミネラルウォーターくらいしか飲まない。酒を飲むなら、おいしい料理も一緒に食べたいので、外食のついでに飲むことが多いのだ。

グラスとシェリーも運び、浅香は青井の隣に座った。長椅子式のソファがひとつあるだけなので、向かいに座るということができないのだ。

「はい、じゃ、乾杯」

グラスにシェリーを注いで、軽く触れあわせる。店のものほど澄んだ音はしないが、チンと可愛らしい音がした。

「手術、見事だったよ」

やはりグラスが変わると味も変わる。店で飲んだ時より、少し甘みが強いと思った。

「すごいものを見せてもらった」

「……ありがとうございます」

青井はこくりとシェリーを飲んだ。

「今までていちばん……うまくできたかもしれない」

「僕がいたからかな?」

　パンの上にチーズをのせながら、浅香は軽い口調で言った。青井がこくりと頷いたのに、逆に驚く。

「え？」

「……久しぶりだったから、少し緊張していたと思います。でも、先生の顔を見たら……自然に手が動いた」

「あの……ね」

　浅香はグラスを置いた。ゆっくりと驚かさないように気をつけながら、浅香はそっと青井の肩に腕を回す。

「前にも言ったかも知れないけど……それって、愛の告白にしか聞こえないよ？」

「そう聞こえるなら……」

　青井はグラスの中身を一気にあおる。

「そうなのかも知れません」

「おいおい」

　なだめるように、ぽんぽんと軽く肩を叩く。

「愛の告白するなら、もっとロマンティックにしてくれない？」

「……」

　空のグラスを手にしたまま、青井は浅香の肩にそっと寄りかかった。顔を隠すようにして、浅香の肩に顔を埋める。

「知りません」

柔らかい髪に指を埋めて、抱き寄せる。

「……どうして、あなたなんだろう」

まだ青井の身体は固い。緊張が解けきっていない。浅香は優しく髪を撫で、背中を撫でる。

「僕しかいないでしょ」

髪に唇を埋め、甘い声で囁く。

「他に誰がいるって?」

「……自信家ですね」

「もちろん」

彼の手からグラスを奪って、コトリとテーブルに置いた。額にキスをし、瞼にキスをする。

「もっと飲んだ方がいい?」

「……もういいです」

青井の手が小さく震えながら、浅香の首に回された。両手で浅香の首に抱きつくようにしてくる。浅香は青井の腰に腕を回して抱きしめた。

「……ずっと……僕のそばにいてくれますか?」

何かを飛び越えてしまった感のある外科医の言葉は恐ろしくストレートだ。彼の瞳のように、

真っ直ぐに浅香にぶつかってくる。

「あなたがいてくれると……僕は不安にならない。何にも怖くない。ただ……前だけを向いていける」

「……殺し文句だ」

キスはシェリーの香りがする。アルコールのせいばかりでなく、触れあった唇が熱く、甘く溶ける。二度三度と唇を触れあわせた後、浅香は青井の頬を両手で挟み、瞳を合わせた。万華鏡のようにゆらゆらと揺らめく黒い瞳。

「で？　今はしらふ？　酔っ払ってる？」

「もう……言わないで下さい」

浅香の首に腕を回して、青井は抱きついてくる。ほっそりした身体に押し倒されるようにして、浅香は大きなソファに仰向けになった。

「……ちゃんとわかっています」

胸に顔を埋めて、青井は囁く。

「ここにいるのは……あなただ」

石けんのいい匂いがふわっとベッドに滑り込んできた。微かな柑橘《かんきつ》系の香りだ。

「そっち使ったんだ？」

すべすべと柔らかくなった肌を抱き寄せる。

「どうして、ボディシャンプーが二つあるんですか？」

「いい香りだ」

しっとりと濡れた髪を枕に広げて、青井が見上げてきた。

「もらい物。篠川にハワイ土産でもらったけど、香りが甘くて使ったことはない。でも、こんなにいい香りなら使ってみればよかった」

浅香からは微かなミントの香り。二人の肌の香りが混じり合って、より甘くなる。

「いい香りだし……」

白い胸にそっとキスをして、鴇色《ときいろ》のぷっくりした乳首に舌先を触れる。

「……甘い」

「ん……っ」

反射的に肩を押しのけようとする青井の手首を軽くとって、キスをし、そっとベッドに押しつける。

「きれいな手だな。メスより重いものは持ったことがない？」

「そんなはず……ん……」

甘いキスをして、青井の指が浅香の髪に埋められる。甘ったるく舌先が絡み合い、じゃれるように唇をついばみ合う。青井がくすくすと笑っている。

「気持ちいい……」

子供のような、どこか無邪気な笑顔だ。あの学会の夜に見た妖しげな顔はどこにもなく、ただ安らいだ、どこか可愛らしい顔をしている。

「もっと……気持ちよくしてあげようか」

「うん……」

もう暖めるだけの過程は必要なかった。ただ愛し合えばよかった。

浅香は彼の手を取ると手のひらにキスをし、その手を彼自身の熱いものに触れさせた。

「え……っ」

「いいから……気持ちいいだろう?」

「ん……っ」

手に手を重ねて、耳元に口づけながら、甘ったるく囁く。

「君の手はとても……繊細だ。とてもデリケートに……動く」

「やめ……て……っ」

「もっと……してみせて。もっと……」

耳たぶに軽く歯を立てる。彼の身体がびくりと震え、きゅっと指に力が入った。

「あ……ん……っ」

「可愛いな……君は」

「待っ……て……っ」

声が高くうわずる。そっと首筋に顔を埋めて、ゆっくりと手を動かす。

「あ……あ……ん……っ」

「もっと……いい声聞かせて……」

指先が濡れてくる。滑らかに手を動かし、彼を高ぶらせていく。かすれた声。震える長い睫。薄く開く唇。

「あ……ああ……ん……い……いい……」

「ああ、いいよ……すごく……いい……」

柔らかく乳首に歯を立てる。彼の腰がくっと跳ね上がり、すらりとした足が浅香の足に絡んでくる。

「あ……あ……っ」

「すごく……濡れてきてる……こんなに……」

「言わないで……っ」

彼の肌が桜色になっている。胸元から腰の辺りまで、さぁっと瑞々《みずみず》しい桜色に染まっている。

「ああ……きれいだ」

薄闇の中で抱き合った時にはわからなかった彼の素肌の色。甘い表情。目を閉じて、彼は快感の中に漂っている。彼の唇がゆっくりと開いた。

「……あなたの手が……すごくいい……」

滑らかな胸がゆっくりと大きく上下している。

「温かくて……すごく……いい……」

「手だけ？」

くすりと笑って、浅香は彼の乳首にキスをした。ふっくらとふくらんだそこは、きゅっと固く芯が通り始めていた。

「ううん……全部……」

キスも囁きも体温も、全部。彼が唇を寄せてくる。シェリーの香るキスを交わす。舌を絡ませ、深く唇を重ねて、吐息を重ねる。

「……ねぇ……来てよ……」

キスの合間に、彼が言った。しっとりとかすれた声で。

「もっと……温めて……あげたい……」

「ああ……そうだな」

身体の奥に灯った熱がじりじりと高くなってきている。熱く高ぶるものを柔らかく温《ぬる》んだ鞘《さや》に納めたい。唯一無二のぴたりと寄り添う鞘に。彼が緩やかに身体を開いた。指に絡むようにひくつくところに、浅香は冷たいゼリーを塗り込んだ。そして、彼は微かに声を漏らしながら、柔らかく濡れた身体を浅香の形に開かれていく。

「ゆっくりがいい？　それとも……激しい方がいい？」

「あなたの……やり方でいい……あなたがいいように……してくれればいい」

彼がふわりと笑った。両腕を浅香の背中に回して、すうっと顔を仰向ける。背中がきれいに反り返って、腰がシーツから浮いた。

「……あ……あ……っ！」

細い腰を掴み、ゆっくりと先を含ませていく。

「ああ……ん……っ」

両足が開き、背中に回した腕がきつくしがみついてくる。ふわっと上がる体温。そして、熱く温んだ柔らかい鞘。指先でそこを暴きながら、彼のほっそりとした腰を引き寄せる。

「ん……んん……っ」

「ああ……いい……」

思わず、声が漏れてしまう。彼の鞘は柔らかく濡れていて、浅香を引き寄せるように飲み込んでいく。固く実った果実から雫が滴り、彼のそこを濡らし、さらに熱く燃え立たせていく。

「……いいよ……すごく……」

「ん……あ……ああ……ん……っ！」

彼がほしがって、腰を揺する。子猫が鳴くような可愛らしい声を上げて、浅香にしがみついてくる。

「もっと……来て……っ……もっと……奥ま……で……っ」

言葉でねだり、身体でねだる。

「もっと……っ」

「ああ……」

彼の腰を抱き上げる。

「しっかり……つかまってて……」

「ん……あ……あ……っ」

強く抱きしめて、一気に奥へと身体を進める。

「ああ……っ！」

高い声。背中に感じる熱い痛み。彼が爪を立ててくる。

「あ……っ！　あ……っ……ああ……っ！」

「真希……っ」

彼の名前を耳元に囁く。

「いい子だ……もっと……きつく……して」

「あ……い……いい……っ！　ああ……ん……っ」

甘く蕩《とろ》けるような声。そして、蕩ける身体。どこまでも熱く柔らかく、浅香を食《は》む身体。

「あ……あ……あ……っ」

シーツを滑る爪先。不規則に揺れる、しっかりと一つになった二人の身体。

「……もう……いき……そう……ああ……いい……気持ち……いい……」

「まだだよ……もっと……楽しんで……」

「ああ……強……い……っ……すごく……強い……」

肌が燃えるように熱くなっている。汗が滴る。二人の刻むリズムがテンポを上げる。

「もっと……きつく……抱いて……っ」

彼の声が囁きから叫びに変わっていく。衣擦《きぬず》れが激しくなる。

「抱いて……抱きしめて……っ」

離さないでと彼が叫ぶ。離さないと浅香は答える。ひとつに溶けて、同じリズムを刻みながら、二人はもっと互いをほしがる。

「あ……ああ……っ！」

「……っ」

強く抱きしめ合って、どこまでもひとつになって、二人は墜《お》ちていく。

薄い闇を突き破って、どこまでも明るい光の中に。

冬の朝の光は柔らかい。カーテンを閉めていると、朝が来たのがわからないほどだ。カーテンの隙間から射し込む朝の薄オレンジの光に、浅香はゆっくりと目を開けた。暖かい腕の中を見ると、まだ微かな寝息を立てて、天使の顔をした外科医が眠っている。

「なるほど……夢じゃなさそうだ」

浅香は腕の中の青井の瞼に軽くキスをした。眠そうに青井が目を開ける。

「……もう朝……？」

「七時だ。シャワー浴びたいなら、そろそろ起きた方がいい」

「うん……」

頷いて、青井は浅香の唇に軽くキスしてから、体を起こした。その自然な甘えに、浅香は少し驚く。青井はベッドから足を下ろすと、浅香が投げたバスローブを受け取って、ふわりと羽織った。

「バスルームはここを出て右のドアだよ」

「うん」

頷いて出て行きかけて、ふと青井は戻ってきた。少しいたずらっぽく黒い瞳がきらきらしている。

「名刺、あまり作っていないから、抜かないでね」

「え」

ベッドに起き直り、ガウンを羽織ろうとしていた浅香は思わず顔を上げた。

「真希?」

「名前、確認する必要、もうないでしょう? だから、名刺抜かないでね」

わかっていたのか。そういえば、あの名刺は使うこともなかったなと思った。あんなものを使わなくても、二人は運命に導かれたように再び出会い、手を取り合い、抱き合った。

「知っていたのか?」

照れ隠しに笑うと、青井は肩をすくめた。

「言ったでしょう? 名刺、あまり作らないんで、いつも数を確認しているんです。誰に渡したかはちゃんと覚えてるし」

「それはそれは」

浅香はガウンを着て立ち上がると、青井をぎゅっと抱きしめた。柔らかい身体は確かにここにある。くつろいだ微笑みで、彼はここにいる。

「僕がシャワー浴びてる間に消えないと約束してくれるなら、名刺は抜かないよ」

青井が笑った。

「ルームサービスのまずいコーヒーじゃないの、いれて下さるなら」

ACT 9

「浅香先生」

手術の前投薬を終えて、浅香は病棟の廊下を歩いていた。背後から呼ばれて振り返る。

「ああ……青井先生」

術衣の上に白衣を引っかけた格好の青井が立っていた。

「術前投薬？」

「そう。執刀は篠川」

二人は並んで歩き出した。

「新しい麻酔、どう？」

「それを僕に聞く？」

病院では、手術件数が増えたことから、二人目の麻酔科医を雇い入れていた。その医師のデビューが青井が執刀する手術だったのである。

「浅香先生を僕の専属にできないかな」

「石津先生に直訴してみたら？」

「……意地悪だな」

こそこそと低い声で会話しながら、二人は歩いていた。

「あ、これ、戻しておいて」

通りかかった看護師に、手にしていたトレイを渡す。

「で？　どうだった？」

廊下の壁に寄りかかって、浅香は青井と向かい合った。

「そりゃ、仕事はちゃんとしてる。石津先生のチェックを受けているはずだから、それは間違いない」

「でも、気にくわない？」

「……そういうわけじゃないけど」

青井は肩をすくめた。

「……わかってるでしょう？」

基本的に青井は甘えたがりだ。ちらりと上目遣いで、浅香を見た。

「あなた以外に、僕の麻酔は任せられないことくらい」

「それを大声で言わないこと」

ぽんと青井の肩を叩いて、きゅっと握る。青井がくすっと笑った。生真面目な顔をしていると有能な外科医の顔だが、にこりと笑うとたんに少年の顔になる。

「それと」

浅香はすっと青井の耳元で囁く。

「可愛い顔は僕の前以外でしないこと」

「……何を言うのかな」

「キスしたくなって困るから」

とんでもない台詞をぺろっと言って、浅香は恋人の表情をうかがう。わかりやすい青年医師は、また耳まで赤くなった。

「だから……っ」

「青井先生」

むきになって、青井が何か言おうとした時だった。ちょうど病室から出てきた患者が声をかけてきた。

「あ……」

ブレザーの制服にダッフルコートを羽織った須賀 巧だった。

「これから退院します。お世話になりました」

ぺこりと頭を下げる。白い頬に赤みが差していて、入院してきた頃のどこか痛々しい不安げな表情はなくなっていた。手術の前は、笑うことも話すこともほとんどないくらい、精神的にも追い詰められ、弱ってしまっていたのに、今日の彼は嬉しそうに微笑んでいる。十七歳の少年らしい、輝くような表情だ。

「体調はどう？」

　青井の問いに、巧はにっこりして頷いた。

「少し心臓のどきどきが早い気はしますけど、ぐにぐにした感じはなくなったので、ずっと楽です。どきどきするのも、だんだんに取れてくると看護師さんに聞きましたし、手術の直後からすると、落ち着いてきた気がします」

「そう」

　青井は巧に手を差し出した。少しきょとんとしてから、巧が手を差し出す。きゅっと握手を交わして、青井は言った。

「手術をしてよかった？」

「もちろんです」

　巧は深く頷く。

「……もちろん、手術は怖かったです。聞かなきゃならないことはわかっていましたけど、麻酔とか手術の方法とか聞くと怖かった。でも、手術していただいてよかったです。何だか、新しい身体を手に入れたみたいだ」

「手に入れたのは、身体じゃないよ」

　浅香が落ち着いた声で言った。

「手に入れたのは、きっと新しい人生だ」

「新しい人生……」

青井がつぶやいた。

「新しい……」

「昨日想像していた明日とは、ちょっと違うかも知れないね」

浅香は手を伸ばすと、巧の頭をぽんぽんと撫でる。

「君の明日がよりいいものでありますように」

「……はい」

巧が頷いた。

「きっと……そうなります。そうなるようにします」

そして、彼は二人の医師にぺこりとまた頭を下げた。

「巧」

廊下の先に迎えに来たらしい父親が待っている。巧はさっと手を振って、小走りに父親に駆け寄っていった。

「ありがとうございました」

明るく笑い、手を振って、少年は病院を後にする。昨日を脱ぎ捨てて、明日に飛び込んでいくために。

「青井先生」

手術と術後管理を終え、医局に戻った青井に声をかけたのは、珍しい人物だった。いや、人が珍しいというより、その人の浮かべている表情が珍しかったのだ。院長の石津である。

「はい」

青井は少し表情を固くして、石津を見た。

「何でしょうか、石津先生」

「ちょっといいですか?」

院長室から顔を出した彼が青井を呼んでいた。いつもの静かな顔ではあるが、その唇には微かな微笑みの名残があったのだ。

〝石津先生の……笑顔なんて〟

自分に向けられる彼の穏やかな笑みを見たのは、いったい何年ぶりだろうと、青井はぼんやりと考えていた。

「あ、ええ……」

「じゃあ、どうぞ。こちらへ」

招かれて院長室に入ると、そこにはさらに懐かしい笑顔があった。

「ああ、よかった。行き違いとかにならなくて」

ほっそりとした華奢な身体に、よく似合うダークブルーのスーツ。学生のような姿だが、おっとりとした優しい表情が、彼の穏やかでたおやかな内面を表している。

「佳彦……」

青井は戸惑いながら、その名を呼んだ。

「この前は……」

院長室のソファに座っていたのは、石津佳彦だった。

「この前はゆっくり話もできなかったね」

「あ、ああ……」

足が止まった青井に、佳彦はにっこりと笑いかける。

「今日は逃げないで。ちゃんと話をしよう」

少しためらってから、青井は覚悟を決めたように、佳彦の向かいに座った。

「ねぇ、真希。君は何か勘違いをしているんじゃないかと思う」

佳彦はゆっくりと言った。おっとりとした優しい話し方だ。

「真希は、僕を助けてくれた。あの時の執刀医が真希でなかったら、僕は手術に踏み切れなかったと思う。僕も外科医の端くれだった。自分の身体のことはたぶんいちばんよくわかっている。あの当時の僕は、父さんが考えていたよりも、はるかに身体状態が悪かった。自分でも、自分が開胸を伴う手術に耐えられるかどうか、正直自信がなかった」

佳彦は淡々と言った。穏やかな冷静さは、父の石津とよく似ている。

「真希なら、任せられると思った。真希なら、僕を助け、引き戻してくれる。僕は、君が友達だから執刀をお願いしたんじゃない。青井真希という外科医に、僕を任せたんだよ」

「でも……」

青井は小さな声で言った。

「僕は……佳彦を助けられなかった……」

佳彦は左手でコーヒーのカップを持っていた。彼は右利きだ。しかし、彼の右手にはしびれと少しの麻痺がある。重いものを持つことはできないし、細かい作業も難しいと聞いていた。だから、彼は青井と同じ心臓外科の世界から身を引いた。

「助けるってどういうことだと思う?」

佳彦がおっとりと言った。

「医者って難しい仕事だよね。医学的には完璧な状態になっていても、心がそこについてこなければ、患者は完治したとは思ってくれない。医療の満足度は医者が決めるんじゃない。患者が決めるんだよ」

「佳彦……」

「僕の身体をいちばんよく知っているのは、患者であり医者である僕だよ。あの時点での僕の心臓はとても危険な状態だった。君でなければ、僕の命を繋ぎ止めることはできなかった」

佳彦は自分の右手を見ていた。青井の顔が苦しげにゆがむ。

「確かに、僕の手には麻痺が残ってしまった。でも、僕は何もできなくなったと思うのかい？

ただ、ここに座っていることしかできなくなったと思うの？」

佳彦は右手を伸ばし、青井の右手にそっと触れた。

「僕の手はここにあるよ。温かいし、こうして……君に触れることもできる。そして、誰かを
助けることもできる」

「佳彦、君は今……」

佳彦の右手が、きゅっと青井の手を握る。力は強くなかったが、そのぬくもりは、心にしみ
こんでくるような優しさを持っていた。

「心療内科に転科したんだ。少しスタートは遅くなったけど、行ってよかったと思ってる。心
臓外科より、僕の性格には合っているみたいだよ」

「心療内科に……手術してからか？」

「その前から少しは考えていたよ。心臓外科はタフだから、僕の体力では無理だと思っていた
から」

「相談は受けていたよ」

石津が口を開いた。

「佳彦は手先が器用だから、細かい手技には向いていると思った。だが……確かに心臓外科は

タフだった。私や佳彦自身が思っていた以上に」

「真希は、僕を救ってくれた。僕の人生を……」

そっと青井の手を離し、佳彦はにっこりした。

「父さんだって、ちゃんとわかってるんだ。真希はこれまで僕も含めてたくさんの人を助けてきたし、これからも助けていく。そして、僕もね」

佳彦はスーツのポケットから、名刺らしいカードを取り出した。

「はい、第一号」

「え?」

カードはやはり名刺だった。表には佳彦の名前と『石津ハート&メンタルクリニック』の文字があった。

「開業することにしたんだ」

佳彦は父である石津を見上げた。

「父にも手伝ってもらうことにした。僕一人じゃ、荷が重いから」

「え……」

青井は石津を見た。石津が頷く。

「もともと、ここが軌道に乗るまでの約束で院長を引き受けていたんだよ」

「そんな……」

「少し疲れたんだ」

石津がふっと笑った。

「ずいぶん長い間、多くの患者を診てきた。その中に私の息子もいた。医者が自分の家族を診ることは……とても難しい」

「先生……」

石津はすっと顔をそらした。

「君が天才として脚光を浴びる一方で、佳彦は転科を余儀なくされ、地道に苦労してきた。医者がどれだけ専門化されているかは、君もよくわかっているだろう。外科にいた佳彦が心療内科に移るのは、正直見ている方もつらかったよ。夜も寝ないで勉強していたのも知っている。父として、息子に苦労させるような選択は誤りではなかったのか。君に執刀を任せたのは誤りではなかったのか。私は……ずっと後悔し続けてきた」

「父さん」

「私は自分の手で息子を助けることができなかった。それどころか、息子が苦しんでいたことにさえ気づかなかった。私は……父としても、医者としても失格だった」

石津の声はいつもと変わらず、穏やかに落ち着いていた。

「私は、自分に対するもどかしさをすべて君にぶつけていた。そのことで……自分を救おうとしていた。佳彦は……それを気づかせてくれた」

石津はそっと息子の肩に手を置いた。

「少しゆっくりと患者と向かい合いたい。ここは……私には忙しすぎる」

石津が微笑んだ。

「青井先生、君の活躍を間近で見ることで、君が本当に真摯な態度で患者に接していることがわかった。いくら、フィルターのかかった目で否定的に見ようと思っても、君は……最高の医師であることをやめようとしなかった。いつも最高の結果を求めて、努力し続けていた」

「僕は……」

青井は視界が霞み始めたことを感じながら言った。

「まだ……努力し続けなければならないと思っています。まだ……足りない。まだ……」

「そうだね。君はそういう人だ」

佳彦が立ち上がった。ゆっくりとテーブルを回ると、青井の隣に座った。両手を回して、友人を抱きしめる。

「ありがとう、真希。君が僕の友人であることを誇りに思うよ」


コンッとノックが響いた。

「ノックは三回とか四回が常識だと思うんだけど」

言いながら、浅香は医局のドアを開けた。まだ術衣姿の青井が立っていた。

「どうして、君はいつも一回なのかな」

「一回で、あなたがドアを開けてくれるから」

青井はそう言うと、両手で浅香の首に抱きついてきた。さしもの浅香も慌てて彼の腰を引き寄せながら、自分の医局に引っ張り込んで、ドアを閉める。

「君って、本当わからないな」

軽くキスをして、浅香は言った。

「廊下で会っただけで、引っぱたきかねないくらい睨みつけてきたかと思えば、今度は人目をはばからない熱烈な抱擁《ほうよう》かい？」

彼はまだわからないところだらけだ。でも、それもいい。会うたびに新鮮な顔を見せてくれる恋人はひどく魅力的だ。

「……許されていた……」

「え？」

「僕は……ずっと……許されていた……」

「真希、君……泣いているの？」

両手で頬を包むと、その指に温かな雫が触れた。青井は浅香の胸に顔を埋めた。

「泣いて……なんかいない」

「立派に泣いていると思うけど?」

ぽんぽんと背中を叩くと、青井の声が震えた。肩を震わせ、背中を震わせて、彼は涙を流す。

「……僕は佳彦の人生を奪ったと思っていた……だから、絶対に……許されることはないと思っていた……」

「君は誰の人生も奪っていない」

こめかみにキスをし、髪を撫でて、頬にキスをする。

「君は……誰かに新しい人生を与えるためにいる」

石津佳彦に、須賀 巧に。そして、世界を斜めに見ることしかできなかったひねくれ者の麻酔科医にも。

「僕にも、新しい人生をくれた」

真っ直ぐに生きている素直な人を愛す人生を。天才と呼ばれる青井真希を抱きしめ、彼を癒《いや》す人生を。

「それは……」

青井が涙の雫を睫に光らせたまま笑った。

「僕も……同じだよ」

もう、許しを求めて夜の街をさまようことはない。何もわからなくなるほどの酒を飲み、行きずりの誰かのぬくもりを求めなくてもいい。

寂しくなったら、つらくなったら、嬉しくなったら、手を伸ばす。両手でその身体を抱きしめれば、抱きしめ返してくれる腕がある。そう、こんな風に。

「……愛の告白みたいだ」

青井が言った。

「すごいな……僕、浅香先生に愛を告白させてる……」

「ああ……僕もびっくりしてる」

浅香は微かに笑った。青井真希は不思議だ。素直で真っ直ぐな彼は、周りの空気まで塗り替える力を持っているようだ。それが証拠に、ひねくれ者にこんなことを言わせてしまう。

「君を愛している……君だけだ」

僕に愛を告白させることのできるものは。

君以外の誰にも、僕は愛を語ることはない。

君が僕以外に愛を語らないように。無垢な笑顔を向けないように。触れることを許さないように。

浅香はもう一度愛しい恋人を抱きしめて、その瞼にそっとキスをした。

手術室は静かだった。ＢＧＭを使う医師もいる中、青井は静謐《せいひつ》を好んだ。

「マッキントッシュ」

浅香が手を出すと、看護師が渡してくれる。浅香は喉頭鏡《こうとうきょう》を手に、患者の頭側に回った。

「……挿管します」

気管内チューブを鮮やかに入れて、浅香は患者の呼吸管理を始めた。

「青井先生、お願いします」

麻酔の様子を見ていた看護師が、ガウンを着て準備している青井に声をかけた。浅香がちらりと視線をやると、青井もこちらを見ている。黒い瞳がいつものようにきらきらと強く輝いている。

「おお……自信満々」

今日は外回りをしている篠川が浅香の耳元で囁いた。

「後ろに光のオーラが見えるねぇ」

「だね」

浅香は端末を操作しながら答えた。

〝あんなにきらきらの瞳で見つめられたら……〟

視線だけでも心を伝えられると信じ切った目で見つめられたら。

〝応えなきゃならないじゃない〟

点滴の滴下を数え、ガスをコントロールし、患者の麻酔深度を確認する。

「青井先生」

浅香は顔を上げた。

「いつでもどうぞ」

「ありがとうございます」

青井が入ってきた。両手を胸の前で組んで、浅香のそばに近づいてくる。

「よろしくお願いします」

身体が触れないぎりぎりまで近づいて、青井が言った。一瞬だけ、瞳が甘く潤み、すぐにすっと強い理性の光を宿した。

「始めます」

よく通る彼の声。

きっと、僕をコントロールしているのは君の方だ。自在にメスを、コントローラーを操るその魔法の手で、時に甘い光を宿すその瞳で。

〝まぁ……今はいいか〟

いつか、彼をコントロールして、思いのままに。理性の仮面など剝ぎ取って、跪かせる。

時間はたっぷりある。君と歩く人生は始まったばかりだ。

「……執刀します」

ぴんと張りつめる空気をまとった彼を見つめながら、浅香は小さく笑った。
まだ君の顔を全部知らない。
もっともっと知りたい。君のすべてを。もっともっとほしい。君のすべてを。
さぁ、おいで。
一緒に歩き始めよう。

あとがき

こんにちは、春原いずみです。

ちょっとお久しぶりになりましたが「麻酔科医の策略」楽しんでいただけたでしょうか。

さて、今回は最先端といっていい医療用ロボットが登場します。たまにニュースにもなっているのでご存じの方もいらっしゃるかもしれません。時代はここまで来たんですねぇ……。

あのオペ姿は何度見ても異様としか言いようがありません（笑）。それだけに医師のテクニックがとても重要です。青井先生のような天才にぜひオペしてもらいたいものでございます。

お相手の浅香先生は麻酔科医。私の小説にはよく出てくる職業です。以前、病院で仕事をしていた時に出会った麻酔科医がそのすべてのモデルとなっております。一回だけしかお会いできなかった出張の先生でしたが、プロフェッショナルといった感じのとてもかっこいい先生でした。こんな風な出会いが小説のネタになったりするので、人生は楽しいものです（笑）。

それでは、またいつか、小説の世界でお会いしましょう。SEE YOU NEXT TIME!

夏休みになった日の朝に

春原　いずみ

★こんにちは、明神翼です☆ミ
「麻酔科医の策略」、とても素敵なお話で
すっごく楽しんでイラストを描かせていただき
ました!!
医療的シーンのイラストが指定になくてちょっと
さみしい…☆でしたが、大人の恋愛のワンシーンを
手がけさせてもらえて嬉しかったです♥
春原いずみ先生、とても素晴らしい萌えと
せつなさをどうもありがとうございました!!

久々のメガネ攻め様♥
…と思ったら、書類を
見るなど集中する時
だけメガネをかける…
という設定でちょっと
さみしい…☆
せっかくなのでメガネ
かけさせたくて、わがまま
を言って一ヶ所だけ
メガネシーン入れさせて
もらいました？
すみません？
楽しかったです♥

みょうじんつばさ(翼)

ちょっと指を切ってしまって
いつも以上にきちゃない字で
すみません？

ダリア文庫をお買い上げいただきましてありがとうございます。
この本を読んでのご意見・ご感想・ファンレターをお待ちしております。

〈あて先〉
〒173-8561　東京都板橋区弥生町78-3
(株)フロンティアワークス　ダリア編集部
感想係、または「春原いずみ先生」「明神 翼先生」係

❋初出一覧❋

麻酔科医の策略……………………書き下ろし

麻酔科医の策略

2015年9月20日　第一刷発行

著者　春原いずみ

発行者　及川 武

発行所　株式会社フロンティアワークス
〒173-8561　東京都板橋区弥生町78-3
営業　TEL 03-3972-0346　FAX 03-3972-0344
編集　TEL 03-3972-1445

印刷所　図書印刷株式会社